いちばん初めにあった海

加 納 朋 子

幻冬舎文庫

いちばん初めにあった海

目次

――すべての母なるものへ――

いちばん初めにあった海

ねえ——。

いっとう初めに降ってきた、雨の話をしようか。

それとも、いちばん最初に地球にあった、

海の、話を……。

いちにちが終わる。

わたしにとっていちにちは、たそがれどきにくぎられる。ゆがんだ夕日があたりを金色にそめ始めると、わたしはもどかしいような、それでいてほっとしたような思いにとらわれて、そわそわと落ちつかなくなる。

いちにちが終わる。なにも見ず、なにも聞かず、なにも言わないまま。なにひとつせず、なにも考えないでいるうちに。

いちにちはただ、くりかえす。浜辺によせて、返す、波のように。

風景は決して大きくは変わらず、けれど少しずつ輪郭を失い、しまいにもやのように溶けてゆく。

いちにちが終わり、やがて夜がやってくる。わたしは眠りのなかで淡くまどろみ、不快で恐ろしい夢と、穏やかで優しい夢とのあいだを、羽根突きの羽根みたいに行ったり来たりする。ゆるやかな放物線を描きながら、くりかえし、くりかえし……。

1

水の音が、聞こえてくる。

ときどき、強くなったり弱くなったりしながら、なお途絶えずに水の音が聞こえ続けている。

(海？　波が岩に当たって……砕けて、パラパラパラパラ……百のしずくに千の波……)

違う、そうじゃない。眠りの波間を漂いながら、堀井千波《ほりいちなみ》の意識はかすかに首を振る。薄暗闇《うすくらやみ》の水底から、自分の意識がすうっと持ち上がるのを感じた。まるで見えない網にかかった魚のように、意思に反してゆっくりと上昇して行く。

(……あれは、雨？　水滴がガラスを叩《たた》く音……木の葉や草を叩く音……透明な飛沫《しぶき》……)

ゆらり。少しだけ下がってから、ふたたびすうっと持ち上がる。

闇はおぼろで、どこまでも続く。

遠くの方で、電話のベルが鳴っている。少しずつ……近づいてくる。受話器を外す音。

(もしもし……えっ、やだあっ、ふざけちゃって、もう……今？　別に何も……ええー、今からみんなでェ？　やっだー、マジィ？……あ、車出してくれんだ。うーん、分かったってば。じゃ、あとでまたね……うん、うん……そんじゃまた……)

受話器を置く音が、やけに大きく響いた。

(お二階のユカリさんだ……嫌だな、こんな時間に……)

こんな時間？　枕元《まくらもと》の時計を見る。夜光塗料でぼうっと緑色に光る二本の針は、午前一時半を示していた。体は半分眠っていたが、頭だけはしっかり目覚めていた。両眼《りょうめ》の裏側が、ずきりと痛む。

(いきなり釣り上げられた、深海魚の気分)

こめかみを押さえながら、ひどく惨《みじ》めにそう思う。

あちこちのステレオやラジカセにテレビ、そして人の声。両隣や階上から筒抜けに聞こえてくる音の洪水から逃れて、ようやく眠りについたばかりだというのに。千波にはただ凄《すさ》まじいとしか思えない音楽に、ＤＪのお喋《しゃべ》り。ビデオでサスペンスものの映画でも見ていたのだろうか、フランス語らしい会話の合間に、銃声だの悲鳴だのがひっきりなしに聞こえてきた。イヤホンを使うか、でなければもう少しボリュームをしぼってくれれば、ありがたいのだけれど……。

ヒロインが悪漢から逃れられるかどうかの瀬戸際に、千波のそんな心のつぶやきが届くはずもなかった。

いつの間にか、隣室のシャワーの音はやんでいた。湯上がりの髪を乾かしているのだろう。ブゥーン、ブゥーン……一応は静音設計らしいドライヤーは、そんな音がする。それを耳にするたびに、蜂《はち》の羽音に少し似ていると千波は思う……。

とろりと重い蜂蜜《はちみつ》みたいな睡魔が、ふたたび千波という器を満たし始めた。

ブゥーン、ブゥーン……蜜蜂の羽音だ……黄色いオミナエシに止まる。少女はじっと見つめている。黄色い花の上で、せわしなく動く。足に黄色い花粉が付いている。黄色と黒の縞《しま》模様の体は、細かい毛でびっしりと覆われている。まるでビロードみたい。触ってみようか。

少女は小さく愛らしい指を、そっと近づけてみる。蜂は驚いたように、一瞬動きを止め、そしてふっと飛び立った。少女は立ち上がり、ゆっくりと、上を見上げる。大きな木。木漏れ日の一つ一つが、たくさんの小さな黄色い太陽みたい。百の太陽に、千の星。星が燃えている。蜜蜂はどこにいる？　木漏れ日の中。蜂は死んでしまった。もういない。少女は知っていた。千の太陽が集まって、大きな太陽になる。熱くて、白っぽくて、縁が黄色く光り輝く巨大な太陽。じりじりと少女を照らす。

暑い。

（お帽子をかぶらなきゃ……忘れてきちゃった。お帽子をかぶらなきゃ……）

（お外で遊ぶときは、ちゃんとお帽子をかぶらなくてはだめですよ……）

どこからか、誰かの声がする。

ほら、やっぱり。ちゃんとお帽子を……夏の間、いつも言われてた……いつも忘れちゃう……いつも……。

少女は白い家の前にいた。白いポーチの中で、玄関のドアがぽっかりと口を開けている。

何をしている？　そうだ、お帽子を……いつも忘れちゃう……。

カツン。

木の床が鳴る。後ろで勢いよくドアが閉じる。真っ暗。まるで夜みたいに、真っ暗け。前の方に、ぼんやりと階段が見える。少女はゆっくりと上って行く。一段一段が、少女にはずいぶんと高い。だから手も少し使って。

長い長い階段。暗闇にドアの輪郭が浮かび上がってくる。両手でドアのノブをつかむ。力一杯じゃないと、このドアは開かない。アルミでできたノブは、汗ばんだ手のひらにひやりと冷たい。

そう、力一杯に。ゆっくりとノブがまわる……。

どこか闇の奥で、猫が鳴いた。赤ん坊の声に、よく似ている。それともあれは、本当に赤ん坊の声なのかしら……？

観音開きのドアが、勢い良く開く。強い光がこちらを照らしている。たくさんの着飾った人々の視線が、いっせいに集まった。金色をした大仰な屏風《びょうぶ》が見える。豪華な花を飾ったテーブルには、誰も座っていない椅子《いす》がふたつ……。

ひやり、とした。

何かがおかしかった。何か、とりかえしのつかない間違いがおきたのだ。その証拠に、みんなの眼《め》が笑っていない。暗い、同情のこもった瞳《ひとみ》……。

おそるおそる傍らを見やると、隣には誰もいなかった。みんなの視線が鋭い針になって突き刺さっている。自分が身につけている衣装を見下ろしてみて、小さく悲鳴を上げた。

黒一色。真っ黒なドレス。

――ひやり、とした。

とっさに千波が考えたのは、何かが爆発したに違いない、ということだった。なにもかもを木っ端みじんに打ち砕くような、爆弾が投げ込まれたに違いないと思った。

ある意味でその認識は当たっていた。ただし炸裂《さくれつ》したのは音と、そして光だった。

突然、大きなエンジン音が響きわたり、ほぼ同時に窓から強い光が差し込んだ。気がつくと、千波は布団の上に半身を起こしていた。強烈な光が車のヘッドライトだと分かるまで、二、三秒かかった。エンジンが鼻息も荒く、乱れた呼吸を整えている。カーステレオがボリュームいっぱいに叫んでいる。クラクションの音が長く二度、短く一度。複数の人間の話し声が、それに続いた。ときおり黄色い声が、媚《こ》びるような笑い声を上げる。一瞬の後、耳障りな金属音が聞こえた。ハイヒールで階段を駆け降りる音だ。幾度もその音を耳にし、また数度は目にしてもいる千波には、階上に住むユカリの姿を想像するのは簡単だった。元々華やかな顔だちを、入念なメークアップで一層際立たせ、長いきれいな脚をことさらに強調するためのミニスカートと、それに色を合わせたハイヒールとを身につけ、さっそうと階段を駆け降りる彼女。

千波は布団の中で身じろぎをした。相変わらず頭が重く、こめかみがずきずきと痛んでいた。そこに追い打ちをかけるように、きんきんと甲高い声が響いた。

「あんたたち、もうちょっと静かにしてよお。恥ずかしいでしょ」

ユカリさんだ。

口を尖《とが》らせ、ちょっと肩をいからせて見せる仕種《しぐさ》が目に浮かぶ。その場にいた人間のうち、少なくとも男性はその仕種をすこぶる可愛《かわい》らしいと感じたに違いなかった。

わけの分からない笑い声が、どっと弾《はじ》けた。千波の頭のなかで、それが何倍にも膨らみ、わんわんと共鳴した。

どうしてなのかしら？　笑い声っていうのは、楽しいはずのものなのに。どうしてこんなにも不愉快に響くのかしら？

アパートの正面に集合した若者たちは、しばらくその場にとどまって何やら楽しげに談笑していた。音楽はかけっぱなしのまま。千波には永遠とも思われる時間が過ぎ、エンジンをスタートさせる音がひときわ高く聞こえてきた。やがてカーステレオの音が次第に遠くなってゆき、突如として切り取ったような静寂と暗闇とが訪れた。

どこか奇妙に。そして不自然に。

千波は半ば途方に暮れて、夜の中に一人取り残されていた。

☘

鳥の卵は偉大な芸術作品だと、よく思う。とりわけいちばんポピュラーなニワトリの卵は最高だ。手のひらにしっくり納まる大きさといい、愛らしくも官能的な形といい、白くて滑らかなあの殻といい、すべてが計算しつくされたみたいによくできている。ころころと転がるくせに、この上なく安定しているし、脆《もろ》くて壊れやすいくせに一定方向からの力には無闇《むやみ》と強い。

卵を割るときの、あの微妙な感触も好きだ。フライパンやボウルの縁に軽くぶつけると、カツッという確かな手応《てごた》えがある。両手の指を添えて殻を軽く開いてやると、中から黄身と白身がつるんと滑りだす。あの色彩のコントラストもいい。とろりと澄んだ海に浮かぶ、山吹色のクラゲ。もし卵の中身が別な色をしていたら……例えば赤とか緑とか黒とか、それとも紫だったりしたら、あまり食欲をそそらないんじゃないかしら。

その日最初の卵を割ったとき、わたしは子供っぽい歓声を上げた。

「見て見て、お母さん。二玉卵だよ」

フタタマタマゴと声に出して言うと、まるで幼児のたどたどしい片言みたいに聞こえる。

銀色のボウルの底には、小さな黄身が二つ並んでいた。

母はボウルを覗《のぞ》き込み、あら珍しいわねえと言って微笑《ほほえ》んだ。だけど、一拍おいてからかすかなため息をついたのを、わたしは聞き逃さなかった。

胸のどこかが、すうっと冷えた。

——また千尋《ちひろ》のことを考えている。

そう思ったけど、言葉に出しては言わなかった。

「やっぱりスクランブルエッグにしようっと」

ひとり言みたいに言い、母を振り返った。「お母さん、スクランブルエッグでもいい？」

本当は、いつものように目玉焼きにするつもりだった。

「どっちでも」

気のないふうに母は応えた。わたしはボウルの中にもう一つ卵を割り落とし、菜箸《さいばし》で乱暴にかき混ぜた。

朝食の席で、母は皿を覗き込み、あら目玉焼きにはしなかったのねとつぶやいた。どっちでもいいって言ったじゃない。自分でもよく分からない苛立《いらだ》ちを感じながら、わたしは卵をトーストの上にのせた。

「小さい黄身が二つ並んでいるの、可愛いじゃない」

かき卵を箸でつつきながら、まだそんなことを言う。わたしは母の顔を見ないようにして、低い声で言った。

「お母さん。千尋は死んじゃったのよ。もうとっくの昔に死んじゃったんだから」

そう言ってしまってから、しまったと思った。絶対に口にするまいと思っていた言葉だった。

母は最初ひどく驚いたような顔をし、それから傷ついた子供のような表情をした。わたしたちはそれきり無言のまま、皿の上で冷たくなっていく卵を食べつづけた。

八月の終わり、夏休みもあと一週間を残すばかりという日の出来事だった。それは少しだけ気まずい、けれど簡単に修復できるはずのささいなやりとりのはずだった。新しい家にできた、小さなささくれみたいな物。ほんのわずかな手入れで、ふたたび新品同様にすることができる……。

そのはずだった。もしその日一日が、なにごともなくいつものように平凡に過ぎ去っていたなら。

母が交通事故で病院に運ばれたのは、それから数時間後のことだった。

2

お父さん。

しばらく顔を見ていませんが、お元気ですか？

残念ながら、わたしはあまり元気とは言えません……と言っても、心配しないでね。ただの寝不足ですから。今朝起きて鏡を見たとき、思わずふきだしてしまいました。あんまりひどい顔をしているんだもの。まるで風邪をひいたパンダみたい。我ながら、情けなくなります。

確か前にもファックスで愚痴をこぼしましたよね。最近の若い人たちって、どうしてこんなに宵っ張りなのかしらって。お前だって若者だろうなんて、お父さんたらピントの外れた返事をくれた。笑い事じゃないんだからね、本当に。この建物自体の防音設備がかなりお粗末な代物だってことにも問題があるけれど、住んでいる人間のモラルの方も、薄っぺらな壁や天井といい勝負ってところかな。真夜中に盛大な音をたててシャワーを浴びたりお風呂《ふろ》の栓を抜いたり、ボリュームいっぱいで音楽を聞いたりテレビを見たり、なんていうのは、ほとんど毎日誰かがやってます。掃除機をかけたり、洗濯機を回したり、お客を呼んで大騒ぎしたりしていいのは遅くてもせいぜい十時までだってわたしは思ってたけど、どうやらここの常識は違うみたいなの。どうして誰も文句を言わないのかしら？ つくづく不思議です。

夜はゆっくり眠りたいわたしにとっては、正直言って少々辛《つら》いところです。お父さんも知ってるでしょ？ わたしがちょっとした物音ですぐに飛び起きてしまうたちだってこと。だからお父さんのサンタクロースは、一度も成功したことがなかったわね。覚えてるでしょ？ 懐かしいな。

さすがに目下の状況にも少しは慣らされちゃったけど、あの人たちの立てる物音ときたら、〈ちょっとした〉どころじゃないの。死人だってきっとびっくりして飛び起きちゃうわ。最初二人で下見にきたとき、わたしたち、違う理由でここが気に入ったわよね。お父さんは〈女性専用のワンルームマンション（実態はアパートだけど）だから、清潔で安全だろう〉。わたしは前半はお父さんと同じで、結論は〈きっと静かで暮らしやすいだろう〉。

お父さんは正しかったわ。間違っていたのはわたし。人間には二種類いるのよね。昼、起きてる人と、夜、起きてる人と。どうやらわたしは間違ったところにいるみたいなのです。

近頃、嫌な夢をよく見ます。音が夢のなかに入り込んできて、頭のなかをぐるぐるかきまわすの。ときどき、夢なのか現実なのか、よく分からなくなります。睡眠不足のせいで起きていたって半分、眠っているみたいなものだから。昔からよく、いつもぼおっとしているって叱《しか》られたわよね。病は相変わらず、いえ、むしろ悪化の一途を辿《たど》っているみたいです。自分でも良くないなあと思います、今の生活。お父さんに迷惑かけているのも分かっているし。だからこんなことを言うのはわがままだって思うし、とても申し訳ないと思うのですが……。でも、書いてしまいますね。わたし、ここを出たいの。頭がおかしくなりそうなの。引っ越して、どこか静かなところで暮らしたいの。少しぐらい不便でも、狭くても、古くてもかまいません。本当言うと、もう賃貸住宅情報誌を買ってきちゃいました。けっこう良さそうな物件もあります。今回ばかりは、急いで決める気はありませんが。

　新しい部屋を見つけたら、仕事を探してみるつもりです。もう一度、働いてみたいの。家でできる仕事なら嬉《うれ》しいけれど、なかなか難しいかも……。とにかくわたしにもできることが、きっとなにかあると思います。お給料について贅沢《ぜいたく》さえ言わなければね。

　ファックス待ってます。返事があるまで、お部屋の大掃除でもしていようかな。引っ越し準備を兼ねて。

千波

　軽い作動音をたてて、用紙がファクシミリに吸い込まれていった。千波は軽く微笑みながら、自分の書いた文章が少しずつ機械から吐き出されてくるのを眺めていた。

――引っ越してしまおう。

そう決めた途端、千波の心はトンネルを抜けたように明るくなった。そうなのだ。寝不足で頭痛のする頭を抱えて鬱々《うつうつ》としていたところで、何の解決にもならないじゃないか？　アパートの壁や天井がむやみと薄く、防音工事がお粗末極まりないことも、他の住人が揃《そろ》いもそろって深夜族だったことや、彼女らが物音に関してひどく無頓着《むとんじゃく》であることも、すべてどうにもならない事実なのである。抜本的な解決策は、千波が引っ越すことより他にない。

たったそれだけのことを決意するまでに、いったいどれほどの時間を無駄に費やしたことだろう……半年くらいかしら、それとももっと短かったかしら……はっきりと思い出せない自分に気づき、千波は一人苦笑した。最近、物忘れがひどく、よく情けない思いをする。たぶん、今の生活がいけないのだろう。昨日は一昨日によく似ていて、一昨日はその前の日の相似形をしている。今日という日は輪郭がぼんやりと崩れるように過ぎて行き、昨日や一昨日のなかに曖昧《あいまい》に溶けてしまう。年老いて眠りつづける猫のような毎日だ。こんな日常のなかでは、記憶はあまり意味を持たなくなる。どうしても覚えておかねばならないことなど、何一つない。

レースのカーテン越しに、西日が見えた。カーペットが受け止める、その日最初の陽光だ。

目覚めてから今までにしたことを反芻《はんすう》すると、またしても自己嫌悪の海に沈んでしまう。

　今朝もいつもの時間に目覚め、食欲がないままにインスタントコーヒーを入れて飲み、美《お》味《い》しくもなかったくせにもう一杯飲んだ。飲みおえた時には、胃がむかむかしていた。

　十一時をまわってから散歩がてら駅前のファッションビルに出かけた。世の中のあらゆるきれいなもの、いいものを、花模様の包装紙でくるみ、レースのリボンを結んで仕上げたような建物だ。その華やかなパッケージの中はいつだって、カラフルな商品とハミングしたくなるような音楽で満たされている。

　むやみと人が多いのを見て、そういえば今日は土曜日だったと気づいた。曜日の感覚はとうにない。土曜日なんかに来るんじゃなかったなと千波は少し後悔した。

　上りのエスカレーターの手すりにつかまっていると、ひどく目立つポスターが何枚も脇《わき》を通過していった。このファッションビルの広告だ。真っ赤なミニドレスを着たきれいなモデルが、やはり赤いバラの花束をかかえ、ドアの前に立っている。こんなコピーが添えてあった。

〈ノックしなきゃ、ドアは開かないよ〉

　何となく気に入って、胸の内で反芻してみた。

〈ノックしなきゃ、ドアは開かないよ〉

最上階まで行き、別に店内を見て回るでなく、そのまま下りのエスカレーターに乗った。今度は地下一階まで下りる。食料品売り場があった。千波はそこで迷子になった子供みたいにうろうろした挙げ句、シュークリームとオレンジジュースだけを買った。

家に戻ったときにはさすがに空腹を感じていた。箱を開けて粉砂糖をまぶした大きなシュークリームを一つかじった。カスタードクリームと生クリームの甘さが、口の中一杯にべとべと広がった。

もう一つだけシュークリームを食べ、それから少しうとうとした。目覚めてから、さらに一つ食べた。美味しいと思ったのは最初の一口だけで、あとは少しも美味しいとは感じなかった。ただ、機械的に口を動かしていた。

はっと気づいたときには既に日は傾きかけ、シュークリームのパックは空っぽになっていた。六個入りの箱だった。長い長い時間をかけ、ゆっくりゆっくり食べはしたけれど……。それでも六個だなんて。一人で食べるには、いささか多すぎる量だ。自分の胃の中に、あのシュークリームだけがぎっしりと詰まっているのだと考えると、さすがにげんなりした。もううんざりだ。そんなに欲しくもない食べ物を、ただ機械的に口に運び続けるような毎日は。

そう考えるのは、何も今日が初めてというわけではなかったが、今までになくその自己嫌悪の念は強かった。

　当面は働かなくても食べるに困らず、特にやりたいことがあるわけでもない千波にとって、日々をひたすら単調に、そして怠惰に過ごすのは簡単だった。何もすることがなく、何もしたくなかった。けれど〈何もしないでいる〉ということも、実はとても難しいことだった。

　学生の時、千波は勤勉な生徒だったし、卒業後に数年間勤めた会社でも、模範的な女子社員だった。定められたサイクルの中で、同じ場所に通い続け、時には不満を漏らしたりもしながら、おおむね安らかな時間を過ごすことができる類《たぐい》の人間だった。

　ところがいざ、どこへも通わなくていいということになってしまうと、自分が何をしたいのか、どうしたいのか、まるで分からなくなっていることに気づかされた。それは千波を途方に暮れさせたし、毎日を不安の連続にしていた。

　だから眠ることは千波にはある種の救いだった。ひとたび眠りさえすれば、時間は真夏の氷のように溶けていく。とても簡単だった。

　千波にとって人生は、無理やり割り当てられたキャンディみたいなものだった。いくら胸がむかつこうが、舌がひりひりしてこようが、毎日毎日、定められた分量のキャンディをなめなければならない。千波にはそれが、ひどく苦痛でならなかった。

　それはもちろん、キャンディの甘さを無邪気に喜んでいる人だって世の中には大勢いる。

階上に住むユカリも、間違いなくそのうちの一人だ。彼女はむさぼるように、毒々しい色をした巨大なキャンディをせっせとなめ続けている。彼女のピンク色をした舌は精力的に動きつづけ、疲れることもなければ飽くことも知らない。その上、くるくるとよく動く眼は、常に別のキャンディを追っているのだ。

まるでカメレオンみたい。常々ユカリを見て千波がそう思うのは、決して皮肉でも意地悪な気持ちからでもない。

千波とユカリの年齢は、おそらくそう幾つも違わない。生活のために働く必要がないという点では同じような境遇だったし、その容姿だって、およそタイプは違うにせよ、そこそこの美人だという意味では似たようなものだ。

にもかかわらず、二人はあらゆる面で違っていた。千波はユカリのバイタリティを羨《うらや》ましくさえ思う。だがそれ以上に、そのあまりの傍若無人さには胸が悪くなる思いでいた。彼女はとことん享楽《きょうらく》的だったし、徹底的にインモラルでもあった。毒々しい色をした、甘すぎるキャンディに胸がむかむかするように、千波はユカリやその他の同じアパートに住むユカリと同じような女の子たちに、胸がむかむかしていた。

千波は自分が少数派であることは充分自覚していた。自分が紛れ込んだ異物であることも分かっていた。見てくれがいいだけが取り柄のようなアパートの、壁の薄さや防音工事のお粗末さに少しも思い至らなかったのは、つくづく失敗だった。そこに住んでいる他の誰かのことなんか、まるで考えもしなかった。ただ、一人になりたいと思った。誰にも干渉されず、できれば誰とも顔を合わせず、静かに暮らしたいとだけ願っていた。

それなのに。

確かにアパートの他の住人と顔を合わせる機会は、さしてなかった。そもそも彼女たちとは生活のサイクルが、きれいにずれていたのだ。たまにすれ違うときの彼女らはみな一様に、千波の質素な服装や、化粧気のない顔をじろじろと眺め、哀れみに似た表情を浮かべるのが常だった。完全に無視してくれた方が、どんなにか気楽だったろう？　その上、深夜に及ぶ騒音である。これは千波にとって、まさに耐えがたい干渉だった。彼女たちはごく無造作に、千波からもっとも貴重な時間である夜を奪い、日の光を浴びて生活するべき昼を曇らせてしまった。昼と夜の境界が曖昧になり、四季の概念すら薄れてしまっている自分に気づき、千波は深い吐息をついた。

仕方がないことだ。そもそも生活する場を自分は間違えたのだ。ペンギンはジャングルでは生きていけない。砂漠で魚が泳ぐことはできない。できる限り早く、本来あるべき場所に還《かえ》るべきなのだ。

どこか他のところに引っ越そう。寝不足で頭痛のする頭を抱えて鬱々としていたところで、何の解決にもなりはしない。

さんざん堂々巡りした挙げ句の、それが結論だった。

千波は小さく微笑み、すっかりぬるくなってしまったオレンジジュースを、新たにもう一杯コップに注いだ。

✤

「なんかぎすぎすした無愛想な子」

というのが、結城麻子《ゆうきあさこ》を最初に見たときのわたしの感想だった。

義務教育の最中ならともかく、高校生になってからの転校生というのはごく珍しい。いきおい皆の目は、なにか珍しい生き物を見せられてでもいるような輝きを帯びる。二年生になったばかりとは言え、一年時とまるで変わりばえのしないクラス編成だったから、わたしたちはこの滅多にない出来事を、大した娯楽として受け入れていた。

だが、わたしたちが無意識のうちに相手に課していた期待を、当の本人は物の見事に裏切っていた。

まず外見からして拍子抜けだった。鼻の頭から頬《ほお》にかけて、一面にちりばめられたそばかすや、短く切りそろえられた髪形だけを見ていると、まるで男の子みたいに見える。頬骨から顎《あご》にかけてのラインは、三角定規を使って描いたように鋭角だ。スカートからにょっきりと突き出た二本の脚などは、スマートと言うよりは貧弱と呼んだ方が正しいような代物である。真新しいセーラー服を着ているのだが、ちょっと気の毒なほどに似合っていない。

　また、彼女の物腰にしても、予想とは大きく違っていた。緊張しているわけではないことは、その落ちつきはらった態度からもうかがえたが、その割には笑顔一つ浮かべるでもない。何が気に食わないのかは不明だが、いつもむっとしたような表情をしている。〈仏頂面をした痩《や》せっぽちの少年〉というのが、トータルしての印象だった。

　クラス中の好奇心に何割分かの失望が混じる中、先生は転入生を紹介し終え、新しい生徒に自己紹介するように命じた。

「結城です」ぼそっとつぶやいた後、一拍置いて結城麻子は仕方なさそうに付け加えた。

「よろしく」

　担任教師は麻子のことを「神戸の公立校から来た」と紹介した。麻子が発したのはただの二文だけだったが、そのイントネーションは彼女の履歴を裏付けていた。もちろんわたしたちに兵庫弁と大阪弁の微妙な違いなど聞き分けられるものではないが、少なくとも彼女が関西方面から来たことだけは、ただちに実感することができたわけだ。

だが、麻子に関して新たなデータが付け加えられることはなかった。わたしたちは当然その後に続くべき言葉を待っていたのだが、教室の中はしんと静まり返ったままだった。

「おいおい、それだけか」

苦笑しながら担任教師は言った。「他にも何か……あるだろ。趣味とか特技とか」

「別にないです」

転入生はきっぱりと断言した。

「素っ気ない奴《やつ》だなあ。それじゃ、挨拶《あいさつ》代わりにうちの学校の印象でも言ってもらおうかな」

「わあ、気持ち悪ゥって思いました」

即座に答えてから、彼女はかすかに微笑んだ。

「気持ち悪い？」

先生は不思議そうに聞き返した。おっとりしたお嬢さん気質で知られるうちの学校は、近隣では〈娘を入学させたい高校〉のナンバーワンだった。気持ち悪いなどと言われる要素など、どこを探してもあるはずはない。そういう自負があったから、腹を立てるよりも怪訝《けげん》な思いの方が先に立ったのだろう。

麻子は薄い微笑を浮かべたまま言った。

「わあ、女ばっかりや、気持ち悪ゥ、タスケテーって思たんです」

なるほどなあと先生は笑った。もっとも、笑ったのはこの人の好《よ》い教師一人で、生徒たちの方はみんな憮然《ぶぜん》としていた。女ばっかりで悪かったわね、なによ、自分だって女のくせに。

「結城は共学だったからな。男子がいないのは気の毒だけど、まあそのうち慣れるよ。じゃ、みんな、仲良くしてやってくれ」

女子校の生徒は共学に通う女生徒たちに、いわれのないコンプレックスを抱きがちだ。その微妙な心理を、結城麻子はまるで狙《ねら》いすましたように突いてきたのである。

たぶん、大多数の生徒はこう思ったに違いなかった。

〈やなこった！〉

3

たくさんの〈物〉の中で千波は一人、途方に暮れていた。

1DKのアパート。一人で暮らすには充分に広い。なのになぜこの部屋は、こんなにも雑多な品物であふれかえっているのだろう?

本、雑誌類、CD、カセットテープ、洋服、アクセサリー、ハンドバッグ、化粧品、昔誰かからもらったぬいぐるみ、古い手紙やカードの束、アルバム、未整理の写真やフィルム、何となくとっておいたリボンや綺麗《きれい》な包装紙、色とりどりのボンボンにチョコレート……。

おびただしいまでの、物、物、物。

大掃除は苦手だ。何が本当に必要で、何がそうじゃないのか。判断はとても難しい。ついつい何もかもとっておくことになる。いざ引っ越しということになると、その苦労はまったく並大抵じゃない。

まず本から始めることにした。それなら段ボール箱に入れて、ガムテープで蓋《ふた》をしてしまっても、直後に必要になってあわてるということはあまりないだろう。アルバムや写真も大丈夫。とりあえず、その手のものから先に片づけてしまえばいい。

千波の本棚は、一人暮らしにしてはやや大きい。読書家というよりはむしろ、本が捨てられない質《たち》なのだ。屈《かが》みこんで一番下の段を見やると、高校の時の教科書までとってあり、その物持ちの良さに我ながら苦笑してしまう。その横に、同じ頃に夢中になって読んだ本がずらりと並ぶ。

ふと、一冊の背表紙が眼に留まった。濃い藍色《あいいろ》の地に、白く抜いた文字が読める。『いちばん初めにあった海』とあった。抜き出して見ると、表紙はいっそ素っ気ないと言っていいほどに、シンプルだった。背表紙と同じ藍色と、もう少し薄いブルーのツートン。それだけなのに、なぜか分かった。

これは海と、空だ。

空の部分に、やっぱり白抜きのタイトル文字があった。

そっと表紙をめくって見ると、献辞の文句とも詩の一部ともつかない言葉が数行、記されていた。

ねえ——。

いっとう初めに降ってきた、雨の話をしようか。

それとも、いちばん最初に地球にあった、

海の、話を……。

こんな本、持っていただろうか？　覚えがなかった。もっとも、読んだ本の内容をすべて覚えていられるわけではないから、一読後、きれいに忘れてしまったうちの一冊なのかもしれなかった。

それにしても不思議と印象的な本だ。

よく本屋の店先や図書館の書架の間から、「面白いわよ、読んでみて」と盛大に訴えてくる本がある。理由はさまざまだ。タイトルや帯の文句や表紙の絵や装丁や、その他の色々な要素が複雑に絡み合っていたりもする。だが、目の前にあるこの本は、少し違っていた。決して自ら熱烈なアピールなんかしていない。むしろ無愛想で素っ気なくて、どこか冷たい感じさえする。にもかかわらず、妙に〈気になる〉のだ。

まさにそういう雰囲気の人がいたっけ。ふいにそう思った。本に似ているというのもおかしな話だが。名前を思い出そうとしかけたが、すぐにその無駄な努力は放棄して、ページをめくった。考えていたよりも、堅苦しい感じの始まり方だった。

『はじめに』と題して、まず次のような文章が続く。

もし、人間が海に対して奇妙に心惹《こころひ》かれることがあったとしたら、その理由はただひとつしかない。

いちばん初めにあった海を、遺伝子のどこかが記憶しているから。切ないほどかすかに。それでいて、胸苦しいほど確かに。

海はひとたび失われた楽園に、たぶんいちばんよく似ている。


読みながら、どうしてか息が苦しくなった。胸の鼓動が速くなっていた。引出しや押入れから引っ張りだされ、収拾がつかなくなってしまったさまざまな品物の真ん中に座り込み、千波はページに並んだ文字を追う速度を少しずつ早めていった。


大昔、焼けつくような大地に降ってきた雨粒の、最初の一滴からすべては始まった。もちろん、その小さな水滴はあっと言う間に蒸発して消えてしまったことだろう。しかしその後も毎日、毎日、たぶん何百年も雨は降りつづけ、灼熱《しゃくねつ》の地球は少しずつ冷えていった。やがて、薄いスープみたいな原初の海ができあがり、そして生命が生まれた。

数百億にひとつの偶然がもたらした、まさに奇跡のようなできごとだ。

その記念すべき歴史を忘れないためにだろう、ヒトはその生を受けた瞬間から、母親の胎内で進化の過程を一気に駆け抜ける。たったひとつの受精卵から始まって、そこからまるで魚のような胚《はい》になる。そして気の遠くなるほどの細胞分裂をくりかえし、くりかえし……原生動物から哺乳類《ほにゅう》へと猛スピードで進化樹をなぞっていく。きっとどこかに、ものすごいプログラマーがいるんだろう。肉眼ではとても見えないような、たった一個の卵細胞に、ちゃんと最終的な完成図がインプットされている。膨大な情報をスピーディに、しかも正確に伝えるシステムの精緻《せいち》さときたら、まったくあきれかえるほどだ。

これは何もヒトに限らない、イヌでもネコでも、ウシでもブタでも同じことなわけだけど。けれどヒトの場合、たいがいの哺乳類よりも一年は早産していると言われている。ウマやシカを見ろ、生まれ落ちた直後から、自分の脚で歩きだすではないか。生まれてから一年も経《た》たなければ歩けないなんてのは、人間がいかに未熟な状態で生まれているかの証拠だと。

——余計なお世話だ。好きで早く生まれてきたわけじゃない。

そんなふうに反発してみたりしながらも、この意見にはなるほどと納得させられるものがある。たぶんそれは、まったくの真実なのだ。

きっと誰だって、せめてあと一年くらいは母親の胎内にいたかったに違いない。でなきゃ、生まれた瞬間に、あんなに腹立たしそうに泣き叫ぶはずがないじゃないか？

——カエリタイ、カエリタイ、モトイタバショニ。

彼らはみな、懸命にそう訴えているのだ。

その懇願が受け入れられることは決してない。そうしてヒトはやむなく、羊水に満たされていた肺を開放し、初めて自分の力で呼吸を始めるのだ。たいへんな努力と、不快きわまりない苦痛の末に。

だから生まれたての赤ん坊はみんな、世界に対して猛烈に腹を立てているか、怒り疲れて眠っているかのどちらかだ。その泣き声が生命の凱歌《がいか》に変わるのは、もうしばらく後のことになる——。


胸がどきりとした。千波には、その理由が分からなかった。

物語はまだ、ほんの序章に過ぎない。千波の指は素早くページをめくっていく。

不思議な話だった。

主人公は、（おそらくは）二十代の青年で、名前を広海《ひろみ》という。彼はごく幼い頃から、くりかえし、くりかえし、奇妙な女の人に出会う。ヒメジョオンの繁《しげ》る原っぱで、危うく溺《おぼ》れるところだった初夏の海辺で、銀色のススキが波立つ川岸で、終電を待つ駅のホームで、彼女はあるいはただ立ちすくみ、広海に触れ、語りかけてくる。

主人公と同じ名である〈ヒロミ〉と名乗る彼女の正体は不明だ。そのときによって、大人の女性だったり、幼女だったり、十代の少女だったりする。だが、彼女の顔も声も、紛れもなく同じ一人の〈ヒロミ〉なのだ。

彼女に関するすべてが不可解だったが、主人公はごく淡々と〈ヒロミ〉を受け入れていく。あるいは自然に反する存在なのかもしれなかったが、広海には少しも彼女が恐ろしくなかった。〈ヒロミ〉は常に優しく、穏やかだったから。そしてすべての〈ヒロミ〉に共通するのは、ある種の〈哀《かな》しみ〉だった。

「この世のどこにもない、けれど誰もが知っている海から来たの」

あるとき、ふと〈ヒロミ〉が漏らした言葉である。

物語の背景として、たびたび海は登場する。二人のヒロミが最初に出会ったのも、海だった。

千波はふいにページをぱらぱらと逆にめくり、既に読みおえた部分を再度読みはじめた。それは主人公にとって、生まれて初めて見た海の記憶でもあった。

——ぼくはそのとき、自分をとりかこむすべてに、じっと見入っていた。

あわだつ水がさあっと流れてきては、手近な砂をしめらせてまたもとのところへもどって行く。かわいた砂は輝くように白い。そして黒っぽく濡《ぬ》れて重たくなった砂は、表面に立ち現れる奇妙な模様を、めまぐるしく描き変えていた。波は次々に不思議な物を運んできては、きまぐれに、あっというまに持って行ってしまったり、かと思えばわざとのように、その場に取り残していったりする。波が置いていくのは、緑色や赤い色をした、海の草だったり。少し欠けた、白い小さな貝殻だったり。丸みをおびた美しい石ころだったり。

ぼくは手をのばし、そのうちの一つにそっと触れてみた。いびつにひらたく、そしてとりわけきれいな石だった。半分透き通ったブルーが、光をうけてきらきらと輝く。色とりどりのキャンディに、少しだけ似ている。ひょっとしたら甘い味がするかもしれないなと思った。試しにちょっとなめてみようかと考えたとき、

「ビーチ・グラスっていうんだって、それ」

かたわらの女の人が、ふいにつぶやくようにいった。それまでぼくらは、お互いのことを忘れたみたいに、それぞれの思いに沈んでいたのだ。ぼくはそっと彼女をみた。その眼はぼくを通り越して、どこかずっと遠くをみているようでもあった。

「ビーチ・グラスっていうのよ」彼女はふたたびくりかえした。「浜辺のガラスって意味。これはね、うんと昔にはジュースやコーラが入った、ガラスのびんだったのよ。そのびんのかけらが、永い間海の砂や波にみがかれて、そんなふうになるの。だからね、水にぬれると、昔、ガラスびんだった頃を思いだして、透明になって水に溶けようとするの」

ぼくはなぜか急に不安になって、黙って相手の顔をみつめた。彼女こそ、ふいに透き通って、浜辺に溶けてしまいそうに見えた。

「ねえ、どうしたらいいと思う？」

彼女はささやくような声でいった。「ねえ、これからどうしたらいい？」

ぼくには言葉を返すことはできなかった。そのかわりに、青い半透明の石（ビーチ・グラスっていうらしい）を、そっと彼女にさしだした。

「くれるの？　どうもありがとう」

にこりとぼくに笑いかけた。まるで海に溶けて消えていくあわ雪みたいに、少しさみしい笑顔だった……。

いったいあの人は誰だったんだろう？

そこまで読んだとき、めくろうとしたページの間から、するりと何かがすべり落ちた。ペパーミントグリーンのカーペットの上にあるのは、淡いブルーの長方形の封筒だった。そっとつまみ上げると、人指し指と親指との間で頼りなく薄い。表書きには『堀井千波様』とだけある。ひっくり返すと、差出人名は『ＹＵＫＩ』となっていた。

　どうして未開封の手紙が、こんなところにはさまっているの？

　狐《きつね》につままれたような思いで、千波は引出しから細い銀のペーパーナイフを取り出し、封を切った。中にはやはり淡いブルーの便箋《びんせん》が入っている。向こうが透けて見えそうな、ごく薄い紙だ。四つ折にした紙片をひろげると、細い、引っ掻《か》くような文字が並んでいた。万年筆を用いたものだろうか。いわゆる達筆というのとは全然違う。ペン習字のお手本とは遠くかけ離れた筆跡だったが、そこに並んだ鮮やかなブルーの文字には、詩のような美しさと、歌のようなリズムとがあった。

〈あなたのことが、たぶんとても好きです〉

　いきなり目に飛び込んできたのは、そんな一文だった。これはなに？　まるで……まるで恋文みたいじゃないの。

　そう思った瞬間、千波は自分の古風な発想がおかしくなった。まさか、ね。面食らいながらも、最初の行に戻って読みはじめた。

堀井千波様

体調はいかがですか？　急病で入院だなんて、ついてないですね。早く良くなって、学校に顔を出して下さい。毎日退屈で死にそうです。あなたもそうかもしれないけど。仲良しグループの子たちとおしゃべりできなくてね。それともほっとしてる？　すさまじいおしゃべりの相手をせずにすんで。わたしにはあの人たちのどこが良いのだか、ちっともわかりません。堀井さんには悪いけどね。

どうもあなたには誤解されているみたいだから言っておきますが、わたしはあなたのことは決して嫌っても軽蔑《けいべつ》してもいません。それどころか、あなたのことが、たぶんとても好きです。クラスの誰よりも、あなたのことを理解していると思います。きっとあなた自身よりも。だけどこれは簡単なことよね。あなたは自分が嫌いみたいだから。自分のことを、人殺しだと思ってる。

わたしはあなたを慰めようとは思いません。わたしもあなたと同じだから。わたしも人を殺したことがあるから。だからあなたと同じように、自分のことが好きじゃありません。それはきっと、誰にもどうにもならないことです。

小さいころのことです。たぶん、三つか四つくらい。でもはっきりと覚えているの。木に花が咲いていて、いい匂《にお》いがあたりに漂っていた。木漏れ日のなかを、蜂が一匹ぶんぶん飛んでいた。白い家の三階の窓から女の人が呼んだわ。わたしは家に入って、長い階段を上って、ドアを開けるの。窓辺にはさっきの女の人が腰掛けていて、にっこり笑った。わたしも笑い返して、そして、女の人めがけて走って行った。

すごく呆気《あっけ》なかったわ。その人、ピストルで撃たれた鳥みたいに落ちていった。

誰かがわたしに言ったわ。わたしのせいじゃないから、早く忘れなさいって。いつの間にか、事故だったってことになってたわ。窓辺の手すりが古くなって、ぐらぐらしてたから。ねえ。人って、すごく簡単に死んじゃうの。どんなに好きな人でも、はきけがするほど嫌いな人でも。

本当に忘れてしまえればと思います。だけど殺したわたしが忘れてしまったら、誰もあの人のことを思い出さないようになってしまうでしょう。だから、覚えていなければならないの。そのせいで一生、自分が好きになれなくても。

変なことを書いてしまいました。本当はもっと元気が出るような手紙にするつもりだったんだけど。代わりにこの本が、あなたを元気にしてくれるかもしれません。早く良くなって、学校に出てこられますように。

文面は二枚目の便箋を三分の二ほども埋めつくし、そこで終わっていた。

しばらくの間、千波は手紙に並んでいたのが疑問符ばかりだったかのように、ただぽかんとしていた。

いったいこれは何なのだ？　なぜこんな手紙が、本の間にはさんであったのだ？

いつの間にか、部屋の中は薄暗くなっていた。窓から入ってくる光は、刻々とくすんだ色に変わってきている。カーペットの上で、ペーパーナイフが鈍い光を放っていた。千波はそっと、そのナイフに触れた。冷やかな感触が指に残る。千波の心にも、何か鋭く冷たい物が押し当てられたような気がした。ついさきほど、このナイフで封を切ったのは、ほかならぬ千波自身である。千波が開封するまでは、つい今し方までこの手紙は未開封の状態で、本の間にはさまれ続けていたのだ。千波に開けられ、そして読んでもらえるのを待ちながら。

だが、いったいいつから？

千波は軽く身じろぎをした。いつから。そう、それが問題だ。

苦い経験がふとよみがえった。知人から、何かのお祝いの品をもらったときのことだ。千波はすぐさま真心を込めて、礼状を書いた。数週間後、出会ったときの相手の態度は、どこかよそよそしかった。気にはなったものの、まるで身に覚えがない。当惑するままに、日が過ぎた。

普段あまり使わないハンドバッグの中から、投函《とうかん》したはずの礼状を見つけたのは、それからさらに数週間が経ってからのことだった。

あれはいつのことだったろう？　その経緯《いきさつ》も、誰からどんな品物をもらったのかさえも忘れている。そのくせ、あのときのざわりとした感じだけは、ちょっと忘れられない。既に流れてしまった時間は、どうしたって取り返しがつかないのだ。

だがこの手紙はいったい何なのだ？

〈あなたと同じだから。わたしも人を殺したことがあるから〉

わけが分からなかった。なぜこんなことを書かれなくてはならないのだろう？　そしてこの手紙を書いた人物は、本当に人を殺したとでも言うのだろうか？　そもそも千波には、この〈ＹＵＫＩ〉という差出人に、まるで心当たりがなかった。『いちばん初めにあった海』というタイトルの本に、まるで覚えがないように。

ただ、本に記憶がないことに関しては、思い当たるふしがないでもない。この本はどうやら、入院した千波の見舞いの品として、届けられたものらしい。病気で入院と言えば、千波に覚えがあるのは一度きりだ。十七歳の初秋である。そしてもし本がその際に贈られたものならば、まったく読まなかったらしいことの説明もつく。

正確には読まなかったのではない。読めなかったのだ。

千波が入院した直接の原因は、突然の視力喪失にあった。

ある日を境に、千波の両目は光を失っていた。

自宅から車で二十分ほどの距離にあった大学病院で、複数の科をたらい回しにされ、さまざまな検査を受けた挙げ句、最後に担当した医師がもったいぶって告げた病名は『思春期憂《ゆう》鬱《うつ》症』というものだった。純粋に、精神的なものだと言うのだ。千波が母親を亡くしたばかりだと知ると、おそらくそれが原因でしょうと重々しくうなずいた。

極度のパニック状態に陥ったため、結局千波は入院させられた。死んでしまいたいとさえ思ったが、ベッドから動くこともできないまま時間だけが過ぎて行った。

幸い、入院後の経過は極めて良好だった。まったく見えなくなっていたのは一週間ほどに過ぎなかったのだが、千波にとってはまさに永遠とも思われる暗黒の日々だった。

入院後、初めて光の兆しが感じられた日。あの日、枕元で誰かが歌うようにつぶやいていた。

「ホリィ、ホリィ、元気を出して。起き上がって深呼吸して。ベッドから下りて、自分の足で歩いて。なあ、ホリィ」

その誰かは千波を姓で呼び捨てにしていた。語尾がかすれるように甘く消える、独特のアクセントで。

Ｈｏｌｙ――むしろ、そんなふうに聞こえた。

聖なる、神聖な、神々しい、清浄な……。

Ｈｏｌｙ　Ｎｉｇｈｔ、Ｈｏｌｙ　Ｇｈｏｓｔ、Ｈｏｌｙ　Ｍｏｔｈｅｒ――連想から導き出されるそんな言葉は、どれも敬虔《けいけん》な響きに満ちている。

わたしはそんなふうに呼んでもらう資格なんかない。

そう心の中でつぶやいた途端、千波の目から涙があふれてきた。次から次から頬を伝い落ち、止まらなかった。

それは母親が死んでから、初めて流す涙だった。

小さな温かい手のひらが、そっと千波の頭を撫《な》でていた。

「ホリィ、大丈夫。泣かないで、ホリィ……」

まるで幼い子供をあやすように、くりかえしくりかえしそう言いながら。

あれは……いったい誰だったんだろう？

あのとき身内の他にも、担任教師や大勢のクラスメイトが見舞いにきてくれた。とても彼女たちと会えるような気持ちのゆとりはなく、看護婦を通じて帰ってもらったのだが……。

「ホリィ……」

あの声と小さな温かい手の持ち主が、〈ＹＵＫＩ〉だったのだろうか。どうにかして千波の病室をつきとめ、入って来たのだろうか？　そして手紙をはさんだ本を残し、去って行ったのだろうか？

懸命に考えてみたが、それはいかにも現実感の乏しい想像だった。思い出そうにも記憶は、古くなって水気が飛んだ果物みたいにすかすかしていて、具体的な名前や顔については何一つ浮かんでこないのだ。

はっきりしていることはただ一つだけでしかない。

本は読まれないまま、本棚の隅にしまわれた。むろん手紙も開封すらされないまま、同じページの間にあり続けた……。

八年もの間、ずっと。

奇妙な手紙。心が波立ち、ひやりとふるえる手紙。

なぜ、〈ＹＵＫＩ〉はこんな手紙を書いたのだろう。そもそも〈ＹＵＫＩ〉とはいったい誰なのだろう？

思いついて、高校の卒業アルバムやスナップ写真を引っ張りだしてきた。手紙の内容からすると、千波と〈ＹＵＫＩ〉とは同じクラスにいたらしい。卒業アルバムからでは最終学年時のクラス編成しか分からない。主にスナップ写真を収めたアルバムには、クラスの集合写真も混じっていたが、一人一人の名前は分からない。両方を丹念に突き合わせて、二年生のときのクラスメイトを思い出すしかなさそうだった。

ずいぶんと記憶が曖昧になっていることに気づく。少なくとも二年間という時間を共有した仲間であるはずなのに、顔と名前とを見てはっきりと思い出せる級友はあまりにも少ないのだ。

たぶん、わたしはすごく薄情な人間なんだ。

もとより自覚がないわけではなかった。そうでなければ、今頃こんなふうにして、必死でアルバムをひっくり返していたりはしないだろう。いささか自虐的な思いに浸りながら、それでも千波は作業を続けていった。

取り敢《あ》えずやるべきなのは、卒業アルバムの中から〈ユキ〉という名の子をすべてリストアップしてしまうことだ。名前がそのものずばり、〈ユキ〉の子は二人いた。もっとも漢字は違っていて、悠希と由季である。他に可能性としては幸枝《ゆきえ》、幸奈《ゆきな》が一人ずついた。

さて、と千波は首を傾《かし》げた。考えていたよりも候補者は多い。ここからがクラス写真との突き合わせになる。

二人の〈ユキ〉のうち、山本悠希の方は、どう思い起こしても知り合いだったという記憶がなかった。おそらく一度も同じクラスになったことはないはずだ。クラス写真にもそれらしい姿が見当たらないから、たぶん間違いないだろう。もう一人、園田由季は二年のときに確かに同じクラスだった。目のぱっちりとした可愛らしい子で、スナップの中でも常にカメラを意識した笑みを浮かべている。特別に仲がよかったという記憶もないが、共にお弁当を食べるグループの一員ではあった。内山幸枝のことはわりあいによく覚えている。やはり二年のときのクラスメイトで、抜群に成績が良かった子だ。長い髪を額の真ん中からわけて、二本の太いお下げにしていた。背筋をしゃんと伸ばして英文テキストをすらすらと読み上げる姿が印象に残っている。別段親しくもなかったし、といってもちろん仲が悪くもなかった。塚越幸奈については、集合写真とスナップの両方を丹念に探したが、卒業アルバムに載っている写真と同じ顔はついに見つからなかった。

となると園田由季と内山幸枝のどちらかという可能性が高い。

どちらかが〈YUKI〉なのだろうか？

アルバムの最後に、卒業生全員の住所と電話番号が並んでいた。もっとも、卒業後何年も経過しているわけだから、その同じ住所に目指す相手がいるとは限らない。就職して一人暮らしをしているかもしれないし、結婚しているかもしれない。実家が引っ越していれば、それきりだ。だがそれでも……。

受話器を取り上げかけ、千波はふいにおかしくなって小さく笑った。

いったい何をしようとしている？　首尾よく園田由季や内山幸枝に連絡がとれたとして、

彼女たちにどうやって尋ねるのだ？　あなたは高校時代、入院したわたしに本を持ってきてくれた〈ＹＵＫＩ〉ですか。あなたがあの手紙を書いたのですか、と？

かりにその疑問を先方に伝えることができて、相手が肯定したとしよう。それからどうする？　重ねて尋ねてみるか？　どうしてあんなことを書いたのですか。あの手紙にあったことは本当ですか……。

いったいどうしたらいいのか、そしてどうしたいのか、自分でもよく分からないままに、千波は住所録にあった内山幸枝の電話番号をプッシュしていた。電話をかけるなんて、ずいぶん久しぶりのことだった。

数回の呼び出し音がひびき、そしてふいにつながった。

「はい、ムロウチです」

男性の声だった。声の調子からすると、かなりの高齢だ。

千波は小さく息を呑《の》み、次の瞬間には受話器を置いていた。ひとこと謝ることさえできない自分が情けなかった。

どうやら内山幸枝の実家はどこかに引っ越してしまったらしい。仕方がない。今度は園田由季の電話番号を指でなぞったが、すでに再度かける気はなくなっていた。〈ＹＵＫＩ〉が誰なのかは分からなかったが、少なくとも園田由季ではないのだと、ふいに確信したのだ。

手紙の中に、千波の〈仲良しグループ〉についての、こんな一文があった。

わたしにはあの人たちのどこが良いのだか、ちっともわかりません。堀井さんには悪いけどね。

また、こんな文章もあった。

わたしはあなたのことは決して嫌っても軽蔑してもいません。

ひっくり返せば、千波の〈仲良しグループ〉のことは嫌いで、なおかつ軽蔑していたということになる。園田由季はまさに、その〈仲良しグループ〉の一員なのだ。芸能人と男の子の話ばかりしていた。でなければ、おしゃれとお菓子の話かを。ようするに、ごく普通の女の子だったというわけだろう。

あの子は絶対にこんな手紙は書かないし、こんな本も読まない。

世の中には手紙が好きな人と嫌いな人がいる。そして本を読む人間と、読まない人間とがいるのだ。どちらのカテゴリーからも、彼女は外れていた。

するとやはり内山幸枝なのだろうか。彼女なら見舞いの品として本を持ってくるのはいかにも自然だったし（もちろん千波の病状のことは何も知らなかったわけだから）、ごく観念的な文章を書きそうでもある。千波は写真の中の、意志の強そうな眉《まゆ》といかにも賢そうな額をぼんやりと眺めていた。どうにかして、彼女に連絡をとる方法はないものだろうか……。

懸命に考えている自分に気づき、苦笑した。本当に、なにをしようというのだろう？　八年も昔の話だ。向こうだってきっと忘れているに決まっている。いきなり連絡したりしても、相手をびっくりさせてしまうだけだ。

だが……。

そのとき唐突に千波の頭に浮かんだのは、どこかの国の郵便事故の話だった。意を決してプロポーズの意思を書き送ったのに、どうしたわけか相手に届かず、何十年も経ってからようやく着いた手紙の話。二人とも、とっくにおじいちゃん、おばあちゃんになっていた。女の人はいつまで経っても相手がプロポーズしてくれないものだから、諦《あきら》めて他の男の人と結婚し、男の人はと言えば、彼女からの返事がないのは拒絶のしるしと受け取っていた……。何かの本に載っていたエピソードである。

もし手紙がちゃんと届いていたら、どうなっていただろう？　女の人が求婚を受け入れて、二人が結婚していたら。そう考えると、ちょっとどきりとする。だって、二人がそれぞれ別な家庭を持った結果、生まれてきた現在の子や孫は存在しなかったことになり、代わりに二人の間の子が生まれていたことになる。彼女の夫や彼の妻にしたところでそうだ。二人とも、たぶん別の伴侶《はんりょ》を見つけ、別な子供たちを産み、育てていたことだろう。ひょっとしたら、そのために歴史だって変わってしまったかもしれない。

たった一通の手紙のために。

一冊の本にはさまっていたのは、間違いなく過去から来た手紙だ。手紙に封印された過去は、まっさらのままで今、千波の目の前にある。昔のこと、過ぎたことと捨て去ることは、どうしてもできなかった。

千波は立ち上がり、引出しから便箋と封筒を捜し出した。内山幸枝に手紙を書いてみようと思いついたのだ。もし彼女の転居がここ一年以内のことなら、新住所に転送されるだろう。でなければ、宛《あ》て先人不明で手元に戻ってくるだけの話だ。

大掃除も引っ越しのことも、いつの間にか千波の頭からはきれいに消え去っていた。

「女の子が苦手やねん」

短い髪の毛をきまり悪そうに指先でいじりながら、麻子はまるで思春期にさしかかる前の少年みたいなことを言った。

転校して一ヵ月が経とうというのに、彼女はまるでクラスに溶け込もうとする気配がなかった。休み時間になると、ふいっとどこかへいなくなるか、席についたまま文庫本を読んでいることが多かった。何か用事がないかぎり、敢えて麻子に声をかけようとする生徒はいなかった。なにしろ転校早々、麻子はクラスのほぼ全員から嫌われることに成功していた。おかしな言い方かもしれないが、わたしには彼女がわざとそう仕向けたように思えてならなかった。なんとなく皆が麻子を遠巻きにするなかで、彼女は一人悠々と、彼女のペースで行動していた。

そうした事態をあまり好ましくないと思ったのだろう。担任の先生が、わざわざわたしを呼び出してこう命じた。

「堀井はみんなから好かれているからな。堀井が結城と仲良くしているのを見たら、みんなも自然に仲良くなれるさ」

なんだかおかしかった。まるで子供の機嫌をとって、お手伝いをさせようとしているみたいな言い方だ。第一、高校生とは言え、人間関係がそんなに単純なものじゃないことくらい、分かりそうなものじゃないか？

けれどわたしは「はい」と答え、にっこり笑いさえした。これですべて問題は片づいたとばかり、先生も笑った。

昼食後に麻子が一人で過ごす場所をわたしは知っていた。彼女は決まって同じところにいた。少なくとも気持ち良く晴れた日には。

体育館の裏手の、古い大きなクスノキの根元のところが麻子の特等席だった。やや斜めに傾いているために太い根の一部が地面に露出し、麻子に恰好《かっこう》のベンチを提供しているのである。

まるでわき立つ入道雲のような量感のある枝葉のせいで、付近の土はいつもなんとなく湿った感じがする。若葉の萌《も》え出る季節だった。古い葉が大量に地面に舞い落ち、密生した新しい葉は陽光に透けて、緑と言うよりはむしろ明るい黄色に見えた。

「何か用？」

近づいていくわたしに、麻子は縄張りを守ろうとするけものみたいな眼を向けた。

「用がなかったら、来ちゃいけない？」

「あんまり嬉しくない」

たぶん、彼女はとても正直な人間なのだろう。わたしは構わず歩み寄り、相手がかけている木の根を見下ろした。びっしりと苔《こけ》が生い茂り、黒い蟻《あり》が何匹も、右往左往している。新入生みたいに新しい制服が汚れてしまうことなど、麻子はまるで気にしていないらしかった。

　わたしは初めて通された他人の部屋を眺めるように、周囲をきょろきょろと見渡した。新緑のクスノキは実にゴージャスで、若葉の間を風が抜ける音が耳に心地よい。ひょろひょろのタンポポとかドクダミとかヘビイチゴとか、まばらに生えた雑多な草が、青臭いような懐かしいような匂いをあたりに漂わせていた。

　ずいぶん経ってから、ようやくわたしは口を開いた。

「先生がね、結城さんと仲良くしろってわたしに言ったわ。だから来たってわけじゃないけど」

「そら、先生に言われたからって、あたしみたいな根性わると仲良うせなあかんってことはないなあ」

　読みかけていた本を閉じ、麻子は肩をすくめた。それには答えず、わざと話題を変えた。

「結城さん、神戸から来たんだって？　いいとこに住んでたんだね、羨ましいな。こっちはほら、都内は都内でも田舎だしゴミゴミしてるだけだから、あんな綺麗な街ってちょっと憧《あこが》れる。港町っていうのもいいな」

「確かに神戸はいい街や……観光客にはな。そやけど住んでるもんにはあんまり優しくないで」

そういうものなのだろうか？　首を傾げるわたしに、麻子は悪戯《いたずら》小僧めいた表情を向けた。

「だけど堀井さん、ほんまにあたしと仲良くしようってわけ？　それとも世間話だけして帰る気？」

「どっちでも」麻子を真似《まね》て、わたしも肩をすくめた。相手がこちらの名前をちゃんと覚えていたのが少し意外な気がした。

ふうん。麻子はそんな、含みのある笑い方をした。

「堀井さんって見た目は普通っぽいけど、実は相当変わっているんとちゃう？　そう言われたこと、ない？」

「ない」

あっさり答えると、麻子はまた、ちらりと笑った。

「そうか。堀井さんって、クラスの誰とも仲いいし親切だけどさ、誰とも本気で付き合《お》うてへんもんなあ」

どきりとした。図星だった。だから間髪をいれずに言い返していた。

「結城さんはどうしてクラスの誰とも仲良くしないの？」

同じことでしょうと言ったつもりだった。

相手はちょっと困ったような顔をした。

「あのなあ、女の子が苦手やねん。何話していいか、分からへんし……お洒落《しゃれ》とか占いとか恋とか、そういう話はものすご苦手やねん。それに女の子の仲良しグループって気色悪いやん。トイレに行くのも一緒なくらい仲がいいかと思ったら、陰で悪口言い合ってたりするし……よう入っていかれへんねん」

なんで男に生まれへんかったんやろなあ。そう言って、麻子は軽く微笑んだ。それまでのような皮肉めいた笑顔ではなく、無邪気で少し翳《かげ》りのある笑いだった。

そのときわたしは少しだけ、彼女のことが好きになっていた。

4

電話のベルが鳴り、ファクシミリが印字された用紙を吐き出し始めたのは、午後十時過ぎのことだった。
千波は紙の先端を持ち上げ、そこに並んだ文章を目で追った。父親からの、リファックスだった。

返事が遅くなってすまない。引っ越ししたいということだが、それくらいならいっそ、うちに戻ってくる気はないだろうか。閑静な住宅街ではあるし、その方がこちらとしても安心だ。近所の人にはあらかじめ、病気で療養しているのだと一言説明しておけば、それですむはずだろう。考え直してはくれないか。

読み終えて、千波はため息をついた。Ａ４の用紙を取り出して、早速返信を書く。
ごめんなさい、うちには帰りたくありません……少なくとも、今はまだ。引っ越しの件、許してはもらえませんか？

ややあって、返事が届いた。

もし、どうしても嫌だというのなら、仕方がない。引っ越しを認めないと、おまえはぎりぎりまで我慢して、本当に病気になってしまうだろうな。

しかしいつまで一人暮らしを続けるつもりなのか。おまえは自分で考えているよりもずっと、もろい。子が親に守ってもらうということは、少しも恥じるようなことじゃないと思うよ。

いずれにしても、新しい環境でなら千波がもう少しうまく生きていけるというのであれば、お父さんは反対しない。今のような状況ならむしろ、すぐにでも引っ越した方がいいんだろうな。

ただし、新しい部屋を探すのは少し待ってくれないか。住宅情報誌を買ってきて検討するのもいいが、聞いた話では、ああいう雑誌に載っている物件には、あまりいいものはないらしい。千波が一人きりで部屋探しというのも感心しないしな。中には悪質な業者もないとは限らないだろう？　やはりちゃんとした不動産屋に頼むのが一番だ。お父さんがついて行ければいいんだが、生憎《あいにく》仕事が詰まっていて、当分行けそうもない。それで誰か信用のおける人物に依頼することも考えている。いずれその件で、またこちらから連絡しよう。

とにかく、今は不必要に気にしないこと。気にしだすと、どんどん細かいことが気になるばかりできりがないぞ。夜、うるさくて眠れないなら、朝寝坊すればいいだけのこと。お父さんならそうするぞ。誰もとがめたり見張っていたりするわけじゃないだろう。きちんと生活しようなんて余計な気負いは、かえって疲れるだけじゃないのかな。

最後に。いつも言っているが、もし具合が悪くなったり、何かまずいことが起きたら、すぐに連絡をするんだよ。くれぐれも、一人で悩んだりしないように。

父より

読み終えて、千波は軽く唇を尖らせた。

お父さんたら、相変わらずわたしのことをまるで三つか四つの子供くらいにしか考えていないんだから……仕方のないことなのかもしれないけど。

だが、父親の気持ちはありがたかった。

彼のファックスをもらうまで、引っ越しのことを忘れていた。例の手紙がはさまっていた本を夢中になって読みふけっていたのだ。ところが引っ越ししなければならない切迫した理由を思い出した途端、階上からくぐもったような音楽が耳に飛び込んできた。断続的な水音も聞こえる。人間の感覚とは、ときにひどく現金なものであるらしい。

千波は小さくあくびをして、読みかけのページに〈ＹＵＫＩ〉からの手紙をはさんだ。死にそうに眠たかった。

明日はなにをしようか？　内山幸枝宛《あて》に書いた手紙を出しに行く。それからスーパーで、まともな食品を仕入れなきゃ。ちゃんと料理をして、温かい、美味しいものを食べよう。野菜や果物をたっぷりとって、それから……それから……。

死にそうに、眠たかった。

〈ＹＵＫＩ〉のことも、〈ＹＵＫＩ〉が書いた奇妙な手紙のことも、今は考えるのをよそう。何も、考えたくなかった。今はまだ。

〈ノックしなきゃ、ドアは開かないよ〉

ふいに昼間見たポスターのコピーを思い出した。

（ノックしなきゃ……ドアは……）

千波の心のドアを、確かに何かがノックしていた。

ドアの向こうには、何があるんだろう。

暖かい夜なのに、なぜか体がふるえた。

千波はベッドに倒れるように身を横たえ、布団をかぶった。二階から聞こえてくる音楽は、ふるいに残った小石みたいにごろごろしていたけれど、それでもなぜか無性に心地よかった。隣室の水音も、小川のせせらぎか波の音みたいに聞こえる。

千波は読みかけの本と、蜜蜂の淡い夢を見た。蜂が地面に落とす影のように、終始、冷たい不安がちらちらと躍っていた。


「ホンマは嫌いやねんけど、自分のこと。好きやないねん。さめた性格とか、ぼそぼそしたしゃべりかたとか、ガリガリの体とか……好きやないねん」

確かに麻子はいつでもクールだった。場合によっては心ないと思われかねないほどに。教室の窓ガラスに当たって死んだ雀《すずめ》のことで、クラス中が大騒ぎしたことがあった。一人泣きだしてしまった子もいて、数人がかりで彼女を慰めているのを、麻子はふしぎそうに眺めていた。

「よお、あんなことで泣けるなあ……」

ぼそりとそう言ったとか言わないとか、そんなことを人づてに聞いた。

彼女が興奮して声を荒らげるところなど、見たことはなかったし、彼女の体つきはスリムというよりは限りなく貧相に近かった。だから麻子が自分を評したその言葉は、極めて客観的な事実だった。

わたしは麻子に関する陰口を、いくつか耳にしたことがある。

（あたし、あの子の悟りきったみたいなしゃべりかた、大っ嫌い）

（ブラジャーなんて必要ないんじゃない？　あの子の胸、ぺったんこだもん）

（すっごいお高く止まっちゃってさあ、何様だって言うのよ、ねえ）

自分が口さがないクラスメイトから、そんなふうに言われていることくらい、麻子はとうに承知していただろう。

（前の学校でも、嫌われてたにきまってるよね）

したり顔でそんなことを言う子もいた。あたかもそれが、麻子を嫌う正当な理由であるかのように。

麻子は自分が好きじゃないと言った。皆が麻子を嫌っている理由と同じようなことを並べて、好きじゃないと言った。

だからわたしには言えなかった。「そんなことはないわよ」とは。

口に出そうが出すまいが何一つ変わらないことは、麻子に対しては言う気になれなかったのだ。

季節は初夏に移っていた。

麻子は相変わらず、あの木の根元で本を読んでいた。生い茂った葉は相変わらず、無数の木漏れ日をちりばめた木陰を作り上げていた。湿度が高くても、風が吹き抜けるおかげで屋内にいるよりはよほどしのぎやすかった。

そして相変わらず、麻子はクラスの誰からも孤立していた。

その頃になってようやく分かってきたことがある。麻子はあまりにも生《き》のままなのだ。混じり気がなく、剝《む》き出しだ。だから麻子は麻子でいるより他にない。他の物には決してなれやしないし、剝き出しの自分を外敵から守る術《すべ》さえ知らない。繭《まゆ》を壊された蚕のように無防備で、その上、あまりにも不器用でかたくなだ。

老いたクスノキの根元だけが、学校の中で彼女の存在を受け入れる唯一の場所だったのだ。

「また先生に何か言われたん?」

近づいていくわたしに、麻子はまぶしげに眼を細めながら言った。

「そういうわけじゃないけど」

「じゃあ、クラス委員として、みんなからの嫌われもんのことを心配してくれてるわけ?」

皮肉と言うよりは、自嘲《じちょう》的な響きだった。

「みんなのことを嫌っているのは、結城さんの方じゃなかった？」

麻子は本を閉じ、困ったような顔でわたしを見上げた。

「嫌ってるなんて、言ったっけ？　あたし」

「女の子が嫌いだって言った」

「違うねん」思いがけず強い口調で、麻子は否定した。「ホンマは憧れてるねん。高い可愛らし声とか、柔らかい丸っこい体とか。堀井さんみたいな、なあ」麻子はびっくりするくらい優しい顔でわたしを見た。「……ホンマは嫌いやねんけど、自分のこと。好きやないねん。さめた性格とか、ぼそぼそしたしゃべりかたとか、ガリガリの体とか……好きやないねん。そやけど……」

言葉を切って、麻子は申し訳なさそうに顔を伏せた。

「そやけど、女の子は苦手やねん。一緒におると、息が苦しなるねん」

「だったら今も、息が苦しくなってる？」

「そう言えばそうやなあ。堀井さんはどこから見ても、女の子そのものや。そやけど、堀井さんなら平気やねん。どうしてやろなあ」

自分でも不思議そうに、麻子は笑った。このとき初めて、麻子が可愛らしい顔をしていると思った。そう、つっけんどんな物言いをやめて人懐《ひとなつ》っこく微笑みさえすれば。そしてもう少し体重を増やして、ふっくらとした頬や、まろやかな体つきを手に入れれば、あるいはもっと。

しかしわたしはその感想を相手に伝えることはせず、ただにっこりと微笑み返した。

「それはね、きっとわたしの隣に男の子がいるせいだと思う」

「何のこと？」

「結城さんが女の子は苦手で、わたしなら平気な理由。わたしの隣には、男の子がいるのよ。きっとそのせいだわ」

「男の子って？」

「いつだっているの。生まれたときからずっと」

麻子はまじまじとわたしを見つめ、それから嬉しそうにまた笑った。

「ホンマ、やっぱ堀井さんって、おかしな人やわあ……」

「双子だったの」相手にかまわず、わたしはしゃべり続けた。どうして麻子を相手に、そんなことを言っているのか、自分でもわけが分からなかった。「体が弱くて、お母さんはいつもその子にかかりきりだったわ。わたし、その子がいなくなっちゃえばいいのにって、いつも思ってた。そしたら本当にいなくなって、二度と帰ってこなかったわ。わたしが殺したようなものね」

そう言って、わたしは笑うつもりだった。くすくす笑って、すべてを冗談にしてしまうつもりだった。麻子がたぶんそうしたがっているように。

少なくとも半分くらいは成功したつもりだった。だが麻子はすっと細い指を伸ばして、わたしの頰を伝っていた涙をそっとすくい上げてから言った。

「あたしな、人殺しやねん」

わたしがよく理解していないかもしれない。そう思ったのだろうか。もう一度、はっきりとした口調でくりかえした。

「あたしもな、人殺しやねん。せやから、おんなじや」

5

しんと澄んだ、朝だった。

このアパートでもっとも静かな時刻、それが早朝である。昨晩はぐっすり眠ったおかげで、目覚めは早く訪れた。たまにはきちんとした朝食をとろうと卵を割ると、中から黄身が二つ出てきた。滅多にないことで、なんとなく嬉しい。ポーチドエッグにしようかと思っていたのを変更して、目玉焼きにする。二つ並んだ小さな黄身が可愛らしい。

食事がすんでしまうと、何もすることがなくなった。今日は日曜日だ。掃除も洗濯もまだ早い。アパートの他の住人は、そろって白河夜船《しらかわよふね》に違いないから。天気が良いから布団を干すのはいい。けれどまだ、布団叩きで叩いたりしてはいけない。あの音は思いの外、よく響く。

それともぜんぶ、やってしまおうか。洗濯機をフル回転させて、掃除機には最大パワーでゴミを吸い取らせて、ついでにシャワーも浴びて、ドライヤーで髪を乾かして、見もしないテレビはつけっぱなし……仕上げに布団を力任せに叩く。それこそ中に詰まった綿が飛び散りそうな勢いで。きっとずいぶん気分がいいに違いない。彼女たちは叫ぶだろう。

「なんて非常識なのかしら、日曜の朝っぱらから」と。

その想像はなかなか愉快だったが、しょせん、千波にはできないことも分かっていた。それよりなにより、面倒はごめんだ。

千波は机の上に置いた、青い表紙の本を取り上げた。この続きでも読もうか。ふと、そんな気になった。

……たとえそれがどんなにちっぽけでつまらないものであっても、もし自尊心や虚栄心が完璧《かんぺき》に満たされているなら、それはそれできっと幸福のひとつの形態だ。ほんとうのところ、ぼくは彼らが羨ましいのかもしれない。

自分の内のなにかが完全に満ち足りているなんてことは、ぼくの場合まずあり得ない。いつだって、身体の片側が寒々しく欠けている。たぶん、生まれ落ちたその瞬間から、すでに大切ななにかが欠落していたに違いない。それが何なのかも分からないまま、ぼくはいつも無意識のうちに、欠けている物を補おうとしてあがいているような気がする……。

まだ一ページも読み進まないうちに、電話のベルが鳴った。

きっと隣にかかってきた電話だわ。でなきゃ、上の階に。

だってうちにかかってくるはず、ないじゃない。誰もわたしに電話なんか、かけてこない。

誰一人。

どきどきしながら、ベルの音に耳を傾けた。違う。やっぱりうちにかかってきている。どうしよう。千波は混乱しながら立ち上がった。ふいに目の前が暗くなり、顔からさっと血の気が引いた。

長い間立ったままでいたり、しゃがんだ姿勢から急に立ち上がったりするたび、千波は軽い貧血を起こして座り込む。どうしてこんなに弱いんだろうと、いつも自分が情けなくなる。

蒼白《そうはく》な顔でうずくまっていたのは、そんなに長い間ではなかった。電話のベルはちょうど五回だけ鳴り響き、やけにあっさりと止《や》んだ。

誰だったんだろう？

興味と不安が交錯したが、もはや知る術はない。中断された読書の続きをしようと本を手に取ったとき、

〈誰も皆、失ってしまった自らの半身を探しながら、生きているのかもしれない〉

なんの脈絡もなく、そんな言葉が頭に浮かんだ。

どうしてそんなことを思いついたものか、まるでわけが分からない。千波は軽く頭を振り、続きを読みはじめた。だがその言葉は、カーペットにからんだ髪の毛のように、千波の頭にまとわりついて離れない。奇妙な苛立ちを覚えながら、それでも数ページ分の文章を目で追

った。

やがてページをめくる千波の手が止まった。

誰も皆、失ってしまった自らの半身を探しながら、生きているのかもしれない。

まさに同じ文章が、そこにあった。

これはなに？　これはなに？　これは……。

千波は唇を半ば開いたが、その驚愕《きょうがく》は声にはならなかった。

既視感という言葉がある。生まれて初めて訪れたはずの場所で、以前、同じ風景を、確かに、どこかで、見たような……。

——既読感。

以前、この本の、同じ文章を、確かに、読んだ？

そんなことはない。そんなはずはない。内心で否定する千波の眼に、その一節はまるでそこだけ浮きでているように見えた。

誰も皆、失ってしまった自らの半身を探しながら、生きているのかもしれない。

——千尋が生きていたらねえ。

ふいに、母親の声が蘇《よみがえ》った。

チヒロ、チヒロ、チヒロ……。聞きたくない名前。それなのに、母の声はなおも言う。

——千尋はとっても可愛い子だった。

幼いころに亡くなった双子の兄のことを、千波はろくに覚えていない。生まれ落ちたときから、ごくひ弱な子供だったという。やれ熱をだした、そら風邪をひいたと、母親はいつも兄の方にかかりきりだった。自然、千波は放っておかれることが多くなり、千波は人形を相手に一人遊びばかりしていたように思う。

ずっと思い出しもしなかった。千波にとって千尋は、〈お兄ちゃん〉などという、甘やかな存在などではなかった。チヒロはチヒロでしかなかった。千波はチヒロのことが、大嫌いだった。

どうして突然、千尋のことなんか、思い出したんだろう。

もちろん、本の中のある言葉に誘発されたのだ。半身。自分の身体のもう半分。もういない双子の兄。一緒に生まれたくせに、一人さっさといなくなってしまった兄。

お母さんの愛情も、半分以上、持っていっちゃった……。

生きているときからそうだった。死んだあとはなおさら、そうだった。いつだって母親の心の半ば以上を、双子の兄が占めていて、それは誰にも、どうすることもできないことだった。

——千尋が生きていたらねえ。

小学校に上がるとき、卒業式を迎えたとき、中学に入ったとき、高校受験に合格したとき、そして毎年誕生日が訪れるたびごとに、母親は決まってそう言った。だんだん成長していく千波の傍らに、いつだって見えない息子を並べていた。きっと高校の卒業式のときにも、大学の入学式のときにも、成人式を迎えたときにも、ことあるごとに彼女は何百回だってそう言い続けていたに違いない。

もし、千波が高校二年の夏、交通事故で亡くなりさえしなければ。

千波にとって母親は、半分だった。大好きだったけれど、でも半分だった。母親にとって千波が、お内裏様《だいりさま》の欠けた雛《ひな》人形みたいなものであったように。双子だから、ツインだから、ペアだから。いつだって否応《いやおう》なしに思い出さずにはいられなかったのだろう。仕方のないことだ、とは思う。これは時とともに癒《いや》される類《たぐい》の傷ではない。むしろ、だんだんに成長してゆく。千波の成長とともに。

母親の気持ちくらい、千波にだってよく分かっているつもりだった。分からなきゃいけないと思っていた。だけど……。

ふいに、さっき食べた目玉焼きのことを思い出した。二玉卵の目玉焼き。フタタマタマゴノメダマヤキ。まるで幼児の片言みたいに、たどたどしい、言葉。

双子の卵、一つの殻のなかに納まって……。もしあれが有精卵だったら、はたして双子のひよこというものは無事に孵《かえ》るものだろうか？　千波に分かるのは、確率としてはかなり低いに違いないということだ。仮に生まれてきたとしても、二羽のひよこは貧弱にひ弱になるに決まってる。本来は一羽分の栄養を使い、一羽分のスペースの中で、窮屈に育つのだから。ヒトの子宮は普通ならば、一人分のスペースだ。千波か千尋か。どっちか一人であれば良かったのだ。そうすれば……。

自分はいったい、なにを考えているのだろう？　千波は我に返って自問した。

そうだ、この本のせいだ。どうしてこんなに心が波立つ？　とうの昔に治癒していたはずの傷。それがどうしていまさらこんなに痛むのだ？

癒されてなんか、いなかった……。長い間かかってこしらえた傷は、薄い脆いかさぶたをかぶって、じくじくとずっとうずきつづけていた。千波が懸命に見ないふりをしているあいだ、ずっと。

見ないふり？　千波の胸が、どきんと鳴った。

注射針から顔を背けていれば、注射の痛みに気づかずに済むかもしれない……そんなものは、幼い子供の幻想に過ぎない。実際には、針が皮膚に突き刺されば、鋭い痛みを感じずにはいられない。見ていようといまいと、そんなことにはまるで関係なく。

だが……。

高校のとき、千波はどうして眼が見えなくなったのだ？

誰も皆、失ってしまった自らの半身を探しながら、生きているのかもしれない。

分からなかった。千波が失った、半身。半分きりの身体、半分きりの心。千波が今までに失ってきたもの。今もなお、失い続けているもの。

――あたしな、人殺しやねん。

ふいに千波の頭のなかで、別な誰かの声がこだました。

言葉の内容とは対照的な、涼しげな声に柔らかなイントネーション。まるで天気の話でもするみたいに、さらりとそう言ったのは誰だった？

やはり〈ＹＵＫＩ〉なのだろうか？　そして内山幸枝が〈ＹＵＫＩ〉なのだろうか？　内山幸枝とは、いったいどんな少女だったろう？　どんな声をしていたろうか。果して関西弁をしゃべる子だったろうか。入院した千波に本を持って見舞いにきてくれるほど、そして〈あなたのことが、たぶんとても好きです〉と言ってもらえるほどの交流が、彼女との間に存在していたのだろうか？

懸命に考えてみたが、抜群に勉強がよくできたという以外、特に覚えていることはなかった。改めて思い出してみると、高校時代の日々そのものに対する印象そのものが、なんとなく白っぽく、すかすかしているのに気づく。その前の中学生の頃、自分はどんなことを考えていただろう？　さらに前の小学生の頃は、何を思って生きていた？　もっと、ずっと小さい頃は……ああ、お手上げだ……。

どうしてこんなに何もかも忘れてしまえるんだろう？　日々、得るものなんてほんのわずかなのに。ひきかえ抜け落ちていくものの、何と多いことか。みんなそうなんだろうか、それとも自分だけが極端に薄情で忘れっぽいたちなのか。このままだと、どんどん空っぽになっていく。今だって、最初から半分しか中身が入っていない、不良品のペットボトルみたいだっていうのに。

千波はぞっと身をふるわせた。もしかしたら、〈彼女〉が書いていたことは本当なのかもしれない。自分は誰かを殺していながら、その事実さえ忘れてしまっているのかもしれない。

千波は軽く首を振った。およそ馬鹿げた想像だ。だが、あの手紙。〈ＹＵＫＩ〉からの手紙。自らとともに、千波をも殺人者として名指していたあの手紙。だからと言って千波を非難するでもなく、自分を弁護するでもなく、ただ水のように淡々と記されたあの手紙。そもそもあの手紙は、何を思って、何のために書かれたものなのだろう？　そしてどうして自分をこんなに不安にさせるのだろう？

ふいに昨夜見た夢がふわりと頭をよぎった。黄色い夢。蜜蜂の飛んでいる夢。気のせいだろうか？　手紙にあったのと、よく似た光景。手紙を読んだから、あんな夢を見たのだろうか？

いいや、そうじゃない、と千波は思った。よくは覚えていないが、いつか、同じ夢を、確かに、わたしは、見たような……。

あれは千波自身の体験じゃない。夢に出てきた少女は、千波じゃない。では、かつて誰かから聞いた話が、千波の夢の混沌《こんとん》の中にまぎれこんだ……？

花《か》崗岩《こうがん》の中の、雲母《うんも》のように。

突然、電話のベルが鳴った。千波はふたたびびくりと体をふるわせた。これで二度目だ。どうしよう。どうすればいい？

内心のパニックをよそに、千波の手は素早く受話器を取っていた。誰からかかってきたのか。それが分からない方が、ずっと不安だ。

「もしもし」女の声が言った。その短い呼びかけに含まれた、ごくかすかなイントネーションに、もしやと思った。

相手は淡々とした口調で言った。

「手紙、読んでくれた?」

千波は息を呑んでいた。ごくりと喉《のど》が鳴ったのが、自分でも分かった。

ふっと、相手の声が笑った気がした。だがそう思う暇もなく、電話はぷつりと切れていた。

残された単調な音声を、千波はぼんやりと聞いていた。

間違いない。〈YUKI〉だ――。

その電話は、午後一時過ぎにかかってきた。

いつもならとうに母と共に昼食を終えている時間で、だからわたしはひどく空腹だった。

「お昼は何か適当に買ってくるわね」

そう言い残して、そそくさと母は出ていった。家を出た時間は、いつもよりも早かったくらいだ。だからわたしは母がなかなか帰ってこない理由を、やはり今朝の一件が原因だと考え、ため息をついた。どうして千尋の名前なんか、出してしまったんだろう。この夏休み、わたしたちはずいぶんうまくやってきたのに。

最後の最後で気まずくなってしまったのが、哀しかった。

チヒロハシンダ――それは言ってはならない、一言だった。

千尋という名は、家の中ではまさに禁忌そのものだ。母以外は誰も触れようとしないし、口にすることもないけれど、いつだって家族の間に歴然と存在している。いつまでたっても、しくしく痛む。まるで治療法の分からない難病みたいなものだ。打ち身なら湿布を貼《は》ればいいし、火傷《やけど》なら水で冷やして軟膏《なんこう》を塗ればいい。けれどこればっかりは、どうすれば傷が癒《い》えるのか、いつになったら完治するのか、おそらく誰にも分からない。

テレビのバラエティ番組を見おえても、やはり母は帰ってこない。満ち潮のように、不安がひたひたと押し寄せてくる。母は時間には几帳面《きちょうめん》な人で、どんなにつまらない約束にでも、遅れそうな時には必ず電話をくれる。電話を……。

ふいに電話のベルが鳴った。

わたしは心からの安堵《あんど》と共に、飛びつくように受話器を取った。

『……わたしよ、わたしよ、わたしよ……』

ささやくように、彼女はくりかえした。

『思い出せない？　わたしよ、わたしよ……』

何度も何度もそうくりかえす。ぼくはそのうち、めまいにも似た気分に襲われた。

ワタシヨ、ワタシヨ……。

6

彼女に請われるまま、ぼくは記憶の川を遡《さかのぼ》りつづけた。ぼくの人生の、様々な場面で、ぼくは彼女に出会いつづけている。そのほとんどを覚えていたし、忘れていたのはほんのわずかだし、それさえももはや思い出している。

しかし彼女はまだだと言う。

ぼくが遡りつづけている川には、どこかに源があるはずだ。暗い深い土の底から、こんこんとあふれてくる泉が。だがその水源も、もとをただせば降ってきた雨粒だ。その最初の一滴まで辿るのか？　それとも、その雨粒の源となったあらゆる川や湖、池や沼、それに海まで辿るのか？

それとも……。いちばん初めに地球にあった海、そしていちばん最初に降ってきた雨にまで？

オモイダシテ、ワタシヨ、ワタシヨ、ワタシヨ、ワタシ……。

彼女はくりかえす。母親の乳房に吸いつく赤ん坊のような執拗《しつよう》さと、ひたむきさで。

ワタシヨ、ワタシヨ、ワタシヨ、ワタシ……。

千波は投げ出すように本を傍らに置いた。

ワタシヨ、ワタシヨ、ワタシヨ、ワタシ……。

千波の頭のなかで、くりかえし、くりかえし、そう言っているのは誰だろう？　亡くなった母親だろうか。とうの昔に死んでしまった千尋だろうか。それとも……〈ＹＵＫＩ〉なのだろうか？

オモイダシテ、ワタシヨ、ワタシヨ、ワタシヨ、ワタシ……。

そうだ、思い出さなくてはいけない。何かを思い出さなくてはいけない。だが、いったい何を？

十七歳の夏、どうして〈ＹＵＫＩ〉はこの本を選び、千波に贈ったのだろう。

――あたしな、人殺しやねん。

あのとき、彼女は本当にそう言った？　言ったかもしれない。だが、少し違った気もする。

――あたしもな、人殺しやねん。

〈も〉と言ったのだ。あなたと同じようにあたしも、と。

手紙で書いていることと、言っていることは同じだ。

何かを思い出せそうだった。海のなかで藻をたぐるようにおぼつかなかったが、たしかにぼんやりと形を取りかけているものがあった。じっと見つめつづけていたら、それは幽霊みたいに恐ろしい姿をしているかもしれない。だが、すでに千波は目をそらすことができなくなっていた。

そうだ。千波は〈YUKI〉にこう言ったのだ。

わたしは双子の兄を殺してしまったも同じなの、と。

千尋なんか大嫌いだった。憎らしくてたまらなかった。どこかへいなくなってしまえばいいと思っていた。

だから本当に千尋が死んで、いなくなってしまったとき、たぶん千波は生まれて初めての罪悪感を味わった。

確かに千尋はひ弱だったが、それでも充分生きていけると医者は保証していた。だから誰にとっても、千尋の死はあまりにも突然だった。

乳幼児突然死症候群。千尋みたいなケースを、そう呼ぶのだそうだ。ずっと後になってから、聞いた。だが医者が後からくっつけたそんな名前は、母親にとってはもちろん、千波にとっても何の意味も持たないものだった。どういう名称で呼ぼうと、そこには変えることのできない事実だけが残る。

あのとき、ぐったりした千尋を見て母親は息を呑み、そして千波を振り返ったのだ。

『千波ちゃん……千尋に何かした？』

幼い千波はその場に凍りついたまま、何も言うことができなかった。

何かしたって、何を？　千尋は死んだ。何かしたとすれば、千尋がいなくなってしまえと願ったことだけ。

千尋は本当にいなくなった。千波の悪い願いが、聞き届けられてしまったのだ。そしてお母さんはそのことを知っている……。

だからお母さんは、ことあるごとに言うのだ。

——千尋が生きていたらねえ。

——千尋はとっても可愛い子だった。

お仕置きのつもりで。お母さんは千波のことを半分しか好きじゃない。千尋が死んじゃったから。だけど千波は生きている。千尋が可愛かったから。だけど千波は半分しか可愛くない。千尋がいい子だったから。千波の半分は、とっても悪い子。お母さんなんか嫌い。嘘《うそ》よ、大好き。千波のことを半分しか見ていない。お母さんなんか、どっかに行っちゃえ。嘘よ、ずっとここにいて。そんなこと言ったら、お母さんが死んじゃう。いつだったか、おばあちゃんが言ってた。コトダマって言葉があって、言ったことは本当になっちゃうって。だから千波が悪いの。千尋が死んじゃったのは。でも死んじゃうなんて思わなかった。だからどうしてでもなぜなの……。

ワタシヨ、ワタシヨ、ワタシヨ、ワタシ……。

見たくない、見たくない、お母さんが死んじゃったなんて嘘。

オモイダシテ、ワタシヨ、ワタシヨ、ワタシヨ、ワタシ……。

見ないんじゃない、見えないの。なあんにも……。

――。

つけっぱなしのテレビの音で、千波ははっと我に返った。

頭の奥が、ずきりと痛い。

このまま一人で考え続けていたらいけない。本能的に、そう思った。買い物にでも行こうか。

リモコンを取り上げ、テレビを消そうとしたとき、ふと奇妙な絵がアップで映った。それは一瞬で消え、なんだろう？　という軽い興味だけが残った。

ボスニア・ヘルツェゴビナのリポートだった。戦災で心に傷を受けた子供たちのための施設のことを伝えている。目の前で肉親を失った彼らの精神的ダメージは深刻だ。夜毎《よごと》悪夢にうなされる子、ショックのあまり言葉を失ってしまった子……。子供たちの心を癒すのは、長く根気のいる仕事だ。治療の一環として、子供たちに絵を描かせるのだという。

もう一度、先程の絵がアップになった。一人の少年が描いたものだ。真っ青な空と海。だが、青い空には不吉な黒雲が横たわり、大粒の雨と黄色いいなびかりを海に落としている。

隅の方に描かれた人物は、あまりにも小さく、か弱い。

ナレーションはこう言っていた。

青い色は哀しみを、降る雨は涙を表しているのだ、と。

なにかとても強い感情が、千波を覆った。

あまりにも深い哀しみは、人からあらゆる表情を奪ってしまう。笑うことも、泣くことも、怒ることもできなくなった子供たちが、現実にたくさん存在している。


青い色は哀しみ。降る雨は涙。そしていなびかりは、やり場のない怒り。


傍らに置いた本の表紙が目に入った。青い空と、青い海。

この本の作者は冒頭で言っている。〈いっとう初めに降ってきた、雨の話をしようか。それとも、いちばん最初に地球にあった、海の、話を……〉と。

この本を書いた人が実在するということ、その作者にも名前があるという、ごく当たり前のことを、千波はこのとき初めて意識した。

楠本真也《くすもとしんや》。

その名前を数度口のなかでくりかえしてみた。クスモトシンヤ……。

この人は、とても自分に近いところにいる。そう思った。

あなたもやっぱり、哀しかったの？

ふいに、彼に会ってみたくなった。会って、そう尋ねてみたくなった。それは自分でも思いがけないほどに強い、衝動だった。

しかし千波はその考えがおよそ馬鹿げていることも知っていた。見ず知らずの女に突然そんなことを聞かれたら、相手はさぞかし仰天するだろう。あまりにも不躾《ぶしつけ》だと呆《あき》れられるかもしれない。第一、どうやって作者に連絡をとるのだ？　出版社は絶対に作家の連絡先を教えてくれたりはしないだろう。万が一、こちらの希望が伝わったとしても、まず会ってなどくれないに違いない……。

ほとんどむきになって、マイナスの要素を積み上げていくのは、しょせん自分にはできないことだと知っているからだ。

いつの間にかニュースは終わり、テレビの画面には騒々しいだけのコマーシャルが流れていた。それをリモコンでぷつりと部屋から追い出し、外出の支度を始めた。

時間をかけて、髪をすく。ずいぶん伸びた。前髪はそろそろ切らなきゃと思う。美容師にあれこれと話しかけられたりするのが苦手で、ずっと美容院には行っていない。

ふとブラシを持つ手を休め、鏡のなかの自分を見つめた。千波を見つめ返すのは、生真面《きまじ》目《め》な雰囲気をたたえた二つの瞳だ。十七の頃とたいして変わっていない……。

ホリィ――。

遠くで誰かの声がする。千波には声の主が誰なのか、もちろん分かっている。

〈YUKI〉だ。〈YUKI〉は本当にいた。確かに存在していた。

ホリィ――。

誰にも真似のできない言い方で、彼女は千波をそう呼んだ。語尾をかすかにぼかして、ホリィ……と。

Holy Night、Holy Ghost、Holy Mother……。

だけど本当のわたしは、そんな神聖なイメージとは程遠いの。

教えてよ、〈YUKI〉。どうしてあの時、わたしの眼は見えなくなったりしたの？

千波は鏡のなかの自分を見据えたまま、何度も何度もそうくりかえした――決して口には出さず、どうして？と。

教えてよ、〈YUKI〉。

今、わたしが言葉を発することができないでいるのは、いったいどうしてなの？

「ホリィの眼が見えへんようなったんは、亡くなったお母さんを見たくなかったからや」

いつからだったかも分からないほど自然に、麻子はわたしを姓で呼び捨てるようになっていた。語尾がかすれるように甘く消える、独特のアクセントで。

すべてが終わってから、しばらくの時を経て、わたしたちはふたたびあの老木の下にいた。麻子はいつもの席に腰掛け、わたしを射すくめるように見つめた。

「昔の嫌なことや辛かったことを、何もかもみんな蹴散《けち》らして見ないふりして生きて行けたら、そらええわ……ホリィが一人で生きているんなら、それでもええ。そやけど、違うやろ？　お父さん、可哀相《かわいそう》やんか。生きてる人間の方が、ずっと大切や。ホリィが見てるのは、死んだ人間ばっかりやないの」

「わたしの眼が見えなくなったのは、死んだ人を見ないようにするため、なんでしょう？」

自分でも不思議なほど、わたしは落ちついていた。「見えるようになったじゃない。わたしにはちゃんと麻子が見えるよ。生きてる麻子が、見えてるよ」

「あたしのことなんか、言うてへんやろ」

「麻子のことを、言ってるの。うちのお父さんなんて、麻子にはどうでもいいんでしょ。会ったこともないじゃない。本当に見て欲しいのは、麻子自身なんじゃないの？」

わたしは意地悪くそう言い放った。ひどく自棄《やけ》っぱちな気分だった。何もかも分かったような顔をする麻子が、憎らしくなったのだ。

何が分かるって言うのよ、あなたはわたしじゃないくせに……。

だからわたしは彼女の弱点を突いたのだ。わたしにはよく分かっていた。麻子はわたしに憧憬《しょうけい》の念を抱いている。わずかな時間でも一緒にいられることを喜んでいる。離れていても、いつもわたしのことを気にしている、じっと眺めている。

その事実を、本人に突きつけてやったのだ。

自ら進んで彼女に近づいておきながら。〈友達〉という名の女の子たちと、うわっぺらの付き合いをするのに疲れるたびに、麻子の元を訪れていながら。

もちろん、そんなことは口が裂けても言うべきじゃなかったのだ。

わたしは卑怯《ひきょう》で、傲慢《ごうまん》で無慈悲な人間だ。

もともと色白の麻子の顔が、すうっと青ざめるのが分かった。そして唇を強く嚙《か》みしめたまま、すたすたと彼女の聖域から歩き去ってしまった。

わたしはいつも、間違えてばかりいる。言ってはならないことばかり、言っている。

そう、いつだったかおばあちゃんが言ってた。言霊《ことだま》という言葉があって、口に出して言ったことは本当になってしまうと。

（だから千波が悪いの。千尋が死んじゃったのは。でも死んじゃうなんて思わなかった。お母さんも、千尋も、どうしてみんな……）

わたしはいつも、間違えてばかりいる。

封じ込めるべきなのは、言葉だったのだ。

7

それは、さほど古いできごとではなかった。

ある日気づいたらそれは起きていた。それまでいったいどういうふうにしてしゃべっていたのかが分からなくなっていた。一つの単語を舌の上にのせて、唇から押し出そうとした瞬間、言葉は真夏の雪みたいにはかなく溶けてしまうのだ。

この異変に気づいた千波の父親は驚愕し、すぐさま娘を病院に連れて行こうとした。だが千波の凄まじいまでの拒絶にあい、当分様子を見ようということになった。彼は元来、楽観的な物の考え方をするたちだった。なあに、以前にもこういうことがあったが、ちゃんとすぐに治ったじゃないか、と。

だが今回ばかりは、一向に回復の兆しはなかった。

しばらくして、千波は家を出たいと言いだした（もちろん千波の方からの意思伝達の手段は、すべて筆談だ。そのために用意したノートは、瞬《また》く間に埋まっていった）。昔から住んでいる家で、近所の人に出会って挨拶せずにいることも、見え透いた居留守を使うわけにもいかない。町内会というものがあり、回覧板を受け取ったり回したりしなければならない。

スーパーに行けば、知り合いがレジに立っていて、あれこれと話しかけてきたりもする。思いの外、電話も多い。〈突然口がきけなくなった〉という事実を伏せたまま住みつづけるのは、どだい無理な話だった。

そういう意味でなら現在のアパートは、ほぼ理想的と言える。千波は滅多に不自由を感じることなく、日々を送ることができた。父親との連絡には、ファクシミリがあれば事足りた。スーパーマーケットやコンビニや、銀行のキャッシュ・ディスペンサー相手に言葉はいらない。やがて千波は、自らの身体に生じた異変に慣れてしまった。今では、かつて自分がどんなふうにしてしゃべっていたのかすら、思い出せないでいる。

もし、ずっとこのままだったら、どうなるんだろう？

まるで人ごとのようにそう考えることがある。

父親にはひたすら申し訳ないと思う。今回のことでも、その前のときも、いつだって心配のかけどおしだった。

「俺《おれ》だっていつかはお前を残して死ぬんだぞ」半ば脅すようにそう言った直後に、「安心しろ、お前を置いては死ぬに死ねないものなあ」と冗談めかして付け加える。それが父親の内に交互にわき上がる、不安であり、決意なのだ。

彼が考えるほどに、千波は自身のことを哀れんではいない。自分でも驚くほど、不自由も感じていない。ただ、歌が歌えないのが少し寂しかった。料理を作りながら、シャワーを浴びながら、無意識のうちにハミングをしかけて、ああそうかと気づく。歌えなかった歌のかけらは、千波のなかに降り積もる一方だ。外から否応なしに入ってくる騒音と一緒に堆積《たいせき》し、千波はときどきぱちんと弾けてしまいそうになる。

今だって、そうなりかけていた。様々なことが一度にわっと押し寄せてきて、千波にはもうどうしていいか分からない。

その上、目下の部屋の状況も、住人の精神状態と似たようなものだった。ゆうべから引っ越しの準備などと言って大掃除を始め、しかも中途半端なところで放り出したために、広くもない部屋の中は無闇と散らかって見えた。

千波はため息をつき、とにかく出かけようと思った。何でもいいから、簡単な用事をまず考える。欲しかったCDか、香料入りの石鹸《せっけん》でも買ってこようか。それとも……。ああそうだ。手紙を出しに行こう。机の上には、昨晩、内山幸枝宛に書いた手紙が載っていた。あなたが〈YUKI〉なのですかと、率直に問うた手紙だ。

まるで見当外れだった場合、彼女がこれを読んでどれほど訝《いぶか》しがることだろう。それ以前に、そもそも相手の元に届くかどうかも疑問だ。宛て先が見当たりませんという趣旨の、素っ気ない文句が印刷された紙切れが、べったりと貼りつけられて返送される。十中八九、そんなところだろう。

だが千波にはそれで構わなかった。そうなればなったで、少なくとも気持ちの上でのピリオドを一つ打つことはできる。それで充分だった。

戸締りをして家を出た。陽光が目にまぶしい。

アパートを出て一本道を隔てたところに大通りがある。その道に沿って駅の方にしばらく行くと、確か郵便ポストがあった。

それにしても……ぼんやり歩きながら内心でつぶやいた。今朝の電話はいったい何だったのだろう？　本当に〈ＹＵＫＩ〉だったのかしら？　ただの、間違い電話ということはないかしら？

風が頰を撫でて行く。子供の吐く息のように、温かく湿っている。

今はいったいいつなんだろう？　春と言うにはやや遅い。桜も菜の花もとうに散ってしまった。朝と呼ぶにもためらわれる。おはようございますという挨拶は、いかにも間が抜けて聞こえる時間だ。

そして……。わたしはいったい誰なんだろう？　とうに学生などではなく、勤め人でも主婦でもない。曖昧な季節の中途半端な時刻、宙ぶらりんのわたし……。

目指す郵便ポストは電話ボックスとサツキの植え込みの間に、ひっそりと隠れるようにして立っていた。なんだかわざと分かりにくい場所に置いたように見える。手紙を投函しようと近づきかけたとき、スカートの裾《すそ》が何かに引っ掛かったような気がして立ち止まった。ふりむくと、小さな手があった。男の子が何か困ったような顔をして、こちらを見上げている。まだごく幼い。二歳か、せいぜい三歳くらいだろう。その小さな手のひらは千波のスカートの布地をしっかりと握りしめていたが、そのあとどうしたらいいものやら、自分でも分からなくなってしまったらしい。

「すみませーん」女性の声が響いた。「ヨウちゃん。駄目よ、こっち、いらっしゃい」

母親らしい人が、子供を手招いている。見るとなるほど、小花の散ったコットンのスカートが、千波の着ている物とよく似ている。子供は千波の顔をまじまじと見つめてから、くるりと回れ右をしてとことこと歩いて行った。

千波はずっとその、危なっかしい足取りを見送っていた。子供はひたむきに歩いている。やがて目的地にたどり着き、スカートの布地ごと、母親の脚にからみついて、きゃっきゃと笑い声を立てた。母親は立ち止まったまま、連れの女性と熱心におしゃべりをしている。子供はもはや、一度も千波を見ない。

千波はぼんやりと子供を見、自分のスカート地の小花を見下ろした。それからようやく手に握りしめた手紙に気づき、そっとポストの投入口に滑り込ませた。

そのささやかな用を済ませてしまうと、あとはもう何をすればいいのか分からなかった。ポストの前でしばらく考えた末、辛うじて食料品が何もないことを思い出し、スーパーマーケットに寄った。果物に野菜、ハムや卵、それに缶詰や何かを入れた袋をぶら下げて帰ると、思いがけないことに玄関先に客が待っていた。

目の前にいるのは、若い女性だった。とてもきれいな人だ。淡いクリーム色のキュロットスーツを品よく着こなしている。アクセサリーはしていない。その代わりというわけでもないのだろうが、こぼれんばかりに白い花をつけた枝を、両腕いっぱいに抱えている。

「堀井千波さんですね？」

柔らかそうな髪の毛をさらりと揺らして、相手は笑った。襟足でぶつりと切りそろえられた髪を見て、ふと彼女が抱えている切り花を連想した。

誰だろう？　年齢は千波とそう幾つも違わないように見える。どこかで会っていたかしら……。

どぎまぎする千波に、その女性は鮮やかに微笑んで見せた。

「突然ごめんなさい。わたし、あなたのお父さまに頼まれて参りました。お嬢さんの部屋探しをお手伝いするようにって。女同士の方が気が合うだろうからっておっしゃってたわ」

はきはきとした口調でそれだけ言って、その女性はまた人懐っこく微笑んだ。つられて千波も微笑み返したものの、内心では当惑していた。

すっかり忘れていた。確かに前日の父親からのファックスには、〈誰か信用のおける人物に依頼することも考えている〉とあった。断らなければと考えていたのだ。まさかこんなに早くやってくるなんて。お父さんたら、手回しが良すぎるじゃない。

だがせっかく部屋まで来てくれたものを、まさか追い返すわけにもいかない。

仕様がない。相手に気取られぬよう、千波はかすかなため息をついた。

（どうぞ中に入って）

ドアを開け、千波は相手に身振りでそう言った。

「おじゃまします。あっ、いけない。わたしったら失礼していたわ。自己紹介がまだでしたね」彼女はにっこり笑って付け加えた。

「申し遅れました。わたし、結城麻子と申します……どうぞよろしく」

「ごめんね」

そう言ってわたしは深々と頭を下げた。

とてもひどいことをしてしまったと、知っていたから。麻子に許して欲しかったから。あの年老いたクスノキは、麻子の宮殿だった。あの太い根は、彼女の玉座だった。わたしはもう一度、あの場所に立ち入ることを麻子に許してもらいたかった。あまりにも虫のよい願いだということは、分かっていたのだけれど。

住所録から彼女の家を捜し出し、ベルを押したが誰もいなかったので、ずっと玄関先で待っていた。よく晴れた、日曜のことだった。

十五分ほどして、買い物袋を提げた麻子が帰ってきた。まじまじとわたしを見つめ、それからちょっとすねたような顔をした。

「ごめんね」

もっと色々と言葉を用意してきたのだが、結局口にできたのはその一言だけだった。

顔を上げたとき、麻子の顔にまず浮かんだのは驚愕の色だった。それから笑おうとして失敗し、困惑したふうになった。明らかに彼女はうろたえ、困り果てているのだ。

「ごめんなんて……」麻子はまるで何かを払いのけようとするように、顔の前でぱたぱたと手を振った。「ごめんなんて、言わんといて。どきっとするわ」

「でも……それじゃ、なんて言って謝れば、許してもらえる？　わたし、ひどいことを言ったよ」

「謝る必要なんか、ないやん。あたしなんか、絶対誰にも謝ったりせんで」

むしろ得意気に、そんなことを言う。

「でもわたしは悪いことしたって思っていて、許して欲しいって思っていて……そんなときには他になんて言えばいいの？」

ちょっと沈黙があった。ほんの一瞬、麻子の顔は泣きそうにゆがんだ。だがその直後には、にっと笑って言った。

「……そういうときはなあ、かんにんなあ、でええねん。ごめんなんて言われたら、びっくりするだけやけど、かんにんなあ、やったら、ええねん、ええねん言うて、あはは って笑《わろ》て、それでしまいやねん」

そう言って、麻子は声を立てて笑った。

8

「もう引っ越しの準備を始めているの？　ずいぶん手回しがいいわねえ」

散らかった部屋について、千波が何か弁解するよりも早く、結城麻子は感心したようにつぶやいた。

「小学校の時、夏休みの宿題は七月中にやっちゃったタイプでしょう」

楽しげにそう断定しながら、腕に抱えた真っ白い花束を差し出した。

「これ、お土産。ライラックよ、どうぞ受け取って」

千波はおずおずと手を伸ばし、ありがとうの代わりに、にこりと笑った。

花瓶なんてあったかしら？

台所のシンク下を探る千波に、この人懐っこい客はなおも話しかけてきた。

「やっぱり女性には花束よね。わたし、木に咲く花って好きよ。春ならこのライラックに、そうね、桜は確かに豪華だけど、あんまりみんなが大騒ぎしすぎるからしらけちゃう。ハクモクレンやコデマリは大好き」

ようやく麦茶を冷やすためのガラスポットを見つけ出し、たっぷり水をはった。その間に合わせの花器を食卓の中央に置くと、千波をそっくり包み込むような香気が、ぱっと弾けて、広がった。

「匂いのいい花も好き」

千波の気持ちを代弁するように、麻子は言った。

「沈丁花《じんちょうげ》でしょ、クチナシにジャスミン」

楽しげに羅列する。気になっていたことを確認するために、千波は引出しから新しいノートと筆記用具を取り出した。その第一ページ目にさらさらと書く。

(わたしの病気のことはご存じなんですよね?)

ちらりと目を走らせて、相手はうなずいた。

「ええ、もちろん。お父さまから伺ったわ。そんなことよりも、ねえ千波さん。お腹《なか》、空かない? わたし、ぺこぺこよ。さっき駅前のパン屋さんでおいしそうなサンドイッチを売ってたから、いっぱい買ってきちゃったの。一緒に食べません?」

いそいそと紙袋を開けている。千波はいささか拍子抜けしたものの、かえって安心した。変に気をつかわれたり、同情されたりするくらいなら、これくらいさばさばしてくれた方がむしろ楽だ。

厚切りの焼きたてパンでこしらえたサンドイッチは、香ばしくておいしかった。千波は一口一口、ゆっくり食べた。誰かと一緒に食事をするのも、物を食べておいしいと感じるのも、ずいぶん久しぶりのことだ。

　食べながら、相手がじっとこちらを見ているのに気づく。それを察したのか、麻子は軽く肩をすくめた。

「ほんと言うとね、偵察も頼まれているの。どうしているか、様子を見てくるようにって」

あっけらかんと笑いながら、ローストビーフサンドを頬張った。「おいしいわ、これ」

　千波は開いたノートを引き寄せた。

(あまり父を心配させるようなことは言わないでくださいね)

「もう遅いって。すでに相当心配なさっているわよ。あまり親不孝をするものじゃないわ」

　涼しい顔をして、手厳しいことを言う。いったい父とどういう関係の人なのだろう？　気になりはしたものの、何やら妙な疑いを持っていると思われそうで、千波はその質問をノートに書くことができなかった。

「この本……読んでいるの？」

　麻子は絨毯《じゅうたん》の上に置きっぱなしになっている、青い表紙の本を指さした。千波はこくりとうなずく。

「もう読んじゃった？」

この問いには首を振る。

「もし気に入っているなら、ゆっくり読んだ方がいいわ。わたしからのアドバイス」

どうして？　千波は小首を傾げた。

「その本の作者、もう亡くなっているのよ。だからその人の本はもうそれ一冊っきりしかないわ」

千波は大きく眼を見開いて、相手を見た。震える手で鉛筆を握る。

(死んじゃった？　どうして？)

「どうしてって……確か、交通事故だったと思うけど、よく覚えてないわ……ちょっと、どうしたの？　気分でも悪いの？」

麻子が驚いたように声をかけてきた。だが千波の視界から、彼女の姿が急速に遠ざかっていく。

死んじゃった？　どうして、どうして、どうして……。

会ってみたかったのに。じかに尋ねてみたいことがあったのに。

どうして、どうして、どうして、みんな死んでしまうの？　わたしを置き去りにして。

だけどなぜ、こんなにショックを感じる？　一度も会ったことがない人なのに。

確信を持って言える。きっと凪《な》いだ海みたいに、穏やかで優しい人。そして深い哀しみを底にたたえた人。きっと好きになれた人……。

一度も会えないまま、死んでしまった……。

会ったこともないのに。なぜこれほどの喪失感を味わう？

会ってみたかったのに。じかに尋ねてみたいことがあったのに。

どうして、どうして、どうして、みんな死んでしまうの？　わたしを置き去りにして。

ああ、まただ。また思考が堂々巡りをしている……。

「……ちょっと。千波さん。ちょっと、しっかりして」

肩を強く揺すぶられて、千波ははっと我に返った。

「大丈夫？　顔色が、真っ青よ」

こくりとうなずく。麻子は素早く立ち上がり、水を入れたコップを持って戻ってきた。受け取って、半分ほど飲む。わずかに気分が落ちついてきた。

何かが間違っている。

ふいにそんな声が、千波の頭のなかで響いた。卵がニワトリを生むような。春を飛ばして夏がくるような。順番が違う。手順が間違っている。だけど間違っているって、何が？　分からないけど、何かが。

目の前に、心配そうに覗き込んでいる白い顔があった。相手をじっと見つめると、麻子もまっすぐに見つめ返してきた。

――以前、どこかで、出会っている……？

こめかみが、ずきりと痛んだ。千波はテーブルにコップを置き、ノートを引き寄せた。

（ごめんなさい。今日はもう、一人にして）

麻子はしばらく無言だった。怒らせてしまったのだろうと千波は思った。当然だ、無礼な人間だと思われて。忙しいところをわざわざ来てくれたんだろうに……。

しかし彼女は気を悪くしたふうでもなかった。単に、千波の様子を窺《うかが》っているようにも見える。やがて、麻子は小さな吐息をついた。

「分かったわ。具合が悪いときにお邪魔しちゃって、ごめんなさいね。また日を改めて、お伺いするわね」

お大事に、と言い残し、麻子は帰っていった。

一人になってから、千波は声を出さないで泣いた。頭が押しつぶされそうに痛んだ。さっき麻子が汲《く》んできてくれた水で、頭痛薬を飲み、そのまま倒れるようにベッドに横になった。玄関の鍵《かぎ》をかけた覚えがなかったが、立ち上がる気力もなかった。もう何がどうなってもいいとさえ、思った。そのくせ、何がそんなに哀しいのか自分でも良く分からないでいるのだ。

――今すぐ、眠ってしまいたい。

千波はそれが自分を救う呪文《じゅもん》であるかのように、強くそう願った。

眠ってしまおう……そうすれば、こんな訳の分からない感情から逃れられる。いびつなかたちをした時間は、そっと崩れるように溶けていく。眠ってしまおう、早く、早く、早く……。

☘

いつものクスノキの根元に、麻子は放心したような表情でたたずんでいた。

「やっぱりここにいた」

わたしはそっと近づいて行った。大きな声を立てたり、乱暴に動いたりしたら、壊れてしまいそうな厳《おごそ》かな気配があった。

「あ、さ、こ」

小さく呼びかけると、相手はかすかに微笑みはしたが、何も答えなかった。

「ここに来られるのも、今日でお終《しま》いだね」

拗《す》ねた子供のように、麻子はこくりとうなずく。確かに彼女は拗ねているのだ。卒業式という名の下に、彼女だけの聖域から理不尽にも追い出されてしまうことに。

「今朝の折り込みチラシを見てたらなあ」長い沈黙の後で、ふいに麻子はそんなことを言いだした。「分譲マンションか何かの宣伝で、ここら辺の航空写真が載っていてん。学校って探しやすいやん、まあ空から見たら運動場なんて大して広ないし、屋上なんてきったないし。こんなとこに二年間もおったんやなあって、思わず感慨に耽《ふけ》ってしもたわ」

「わたしなんか三年間よ」

「よお我慢しとったなあ」

さも感心したように、憎たらしいことを言う。それから麻子はまるでほんのついでのように付け加えた。

「この木もちゃんと写ってたわ」

「どんなだった？」

「なんやパセリみたいやった」

くすりと笑う。つられてわたしも笑った。

「だから飛行機は嫌いやねん。ヘリコプターも高層ビルも、大嫌いや。なんやえらそぶって、世界中を見下して、こんな古い立派な木をパセリにしてしまうんやねんから」

「嫌いなものばっかりだ、麻子は」

「そんなことない」

後ろ手で太い幹を抱くようにして、麻子はクスノキにもたれかかった。確かに麻子はこの上なく、この木を愛している。そう思ったとき、ふいに彼女の右腕が上がり、親指と人差し指でピストルを形作った。真っ直《す》ぐに狙っているのは、わたしの心臓だ。

心持ち、ピストルが持ち上がり……そして。

撃った。

「バーンッ」

銃声を真似て鋭く叫ぶ。まるで見えない銃弾が命中したように、わたしの胸がちくりと痛んだ。

「忘れたら……承知せえへんで」

言うなりくるりと向きを変え、木の幹を抱いた。

「忘れるわけないじゃない」

麻子の背中にわたしは言った。おかしいような、文句を言いたいような気分だった。

「いーや、忘れますぅ」

「忘れないってば。そっちこそ、忘れたら怒るよ」

わたしの言葉に、麻子は猛然と振り向いて言った。

「あたしはぜーったい、忘れません」

「わたしだって忘れないぃ」

「いーや、忘れますぅ」

子供じみたやり取りを交わしながら、けれどわたしたちは二人とも予感していた。いったん卒業して、校門を出てしまえば、二人で会うことなどまずないだろうということを。

わたしたちの関係は、いったい何だったのだろう。ときおり校庭の木の下で、短い会話を交わすだけの付き合いだった。友情と言うには淡すぎ、けれどただのクラスメイトと言うにはあまりにも強い絆《きずな》が二人の間には存在していた。

考えてみれば、性格も物の考え方も趣味や嗜好《しこう》も、ことごとく違う二人だった。ただ、人との付き合い方に於《お》いて、あまりにも臆病《おくびょう》であるという一点だけが、共通していたのかもしれない。

いや、実際には、共通点はそれだけじゃなかったのだけれど。

一年を通して、ほとんど外観の変わらないクスノキの下で、わたしたちが交わした他愛ない、けれど真剣なやりとり……。

思い出と言うには、あまりにもくっきりとして、鮮やかだった。忘れっこない。

本当に心から、そう思っていた。

9

千波はそわそわと、落ちつかなかった。何かが始まろうとしていることは分かっていた。ただ、それがいつ、どんな形で起きるのか、まるで見当もつかない。時計ばかりが気になった。止まっているんじゃないかと思うほど、針の進みはのろかった。

〈YUKI〉の手紙のこと、あの本のこと、本の作者のこと、引っ越しのこと。考えなければならないことは山ほどあったが、どの項目についても、少し考えはじめると頭のなかで大きな警報音が鳴り響く。ストップ。そこから先には行っちゃいけない……。

それらのキイ・ワードには、何か共通項があるはずだった。既視感という言葉がふと頭に浮かぶ。いつか、どこかで、わたしは、おんなじことを、まったくおんなじことを……。ほら、また頭のなかでブザーが鳴る。ストップ、ストップ、ストップ。そこから先は危険。

結城麻子はなかなかやって来なかった。だからと言って、千波は安堵できない。彼女は必ずやってくる。すべてを終わらせるために。こんな堂々巡りを断ち切るために。

しまいに千波には、自分が麻子を恐れているのか待ち望んでいるのか、分からなくなってきた。どちらにしても、彼女に対してそんな感情を抱くのは変だ。この間初めて出会って、少し話をしただけのことなのに。

それとも本当は、いつか、どこかで出会っていたのだろうか？　千波が忘れてしまっているだけで。

『忘れたら……承知せえへんで』

昔、確かに誰かがそう言った。それなのに、忘れてる。そう言ったのは、誰だったかさえ。

そうだ、〈ＹＵＫＩ〉だ。彼女に決まっている。

『申し遅れました。わたし、結城麻子と申します……どうぞよろしく』

ついこの間、彼女はそう言って自己紹介をした。どうして今、思い出したのだろう？

結城……ローマ字で書くと、どうなる？

まさか。千波は立ち上がり、卒業アルバムを取り出した。ぱらぱらめくっていると、ふいに電話のベルが鳴った。びくりとアルバムを取り落としたが、モニターを見るとどうやらファクシミリの受信らしい。吐き出されてくる用紙をちらりと見ただけで、父からではないことがすぐに分かった。あじさい柄の縦罫《たてけい》の便箋に、達者な文字が並んでいる。最後に発信人の名前があった。内山幸枝とある。それでようやく思い当たった。彼女に宛てて書いた手紙の末尾に、自分のファックスナンバーを書いておいたのだ。郵送よりも手っとり早い方法を選んでくれたらしい。


風の便りでご結婚なさったものとばかり思っていましたが、やっぱり噂《うわさ》はあてになりませんね。だけど少し意外です。堀井さんって絶対早く結婚するタイプだと思ってたから。まるで砂糖菓子みたいに可愛くて、やさしくて、どこかはかなげで……守ってあげたくなるタイプそのものだったから、男の人が放っておかないだろうと思っていたもので。世の中分からないものですね。

私も未《いま》だ独り身です……これはまあ、周囲の予想通りと言いますか。親からうるさく言われていますが、今のところ結婚する気はありません。ちょうど仕事が面白くなってきたものですから。

さて、突然のお手紙、正直言って驚きました。卒業以来、お互いに音信なかったし、ちょっと不思議な内容のお手紙でしたから。

結論を言いますと、私はあなたの言う〈ＹＵＫＩ〉ではありません。堀井さんが入院したとき、お見舞いに行った一人ではありましたけどね。覚えててくれました？　ともあれ、そんな本のことも、手紙のことも知りません。ですが……。本当に覚えていないのですか？　私にはすぐ分かりましたよ。〈ＹＵＫＩ〉が、園田由季でも、もちろん私、内山幸枝でもないってことが。

二年になってから転入してきた子がいたでしょう？　本当に忘れてしまったの？　彼女、誰ともまともに付き合っていなかったけど、あなたとだけは嬉しそうにしゃべっていたわ。あなたたちが、校舎の裏手にあった木のところで何か話しているのを、何度か見たことがあります。誰にも言わなかったけどね。

もう思い出したでしょ？

〈ＹＵＫＩ〉は名前じゃなくて、姓なのよ。たぶん、Ｕの上には小さく線が引いてあったんじゃないでしょうか。ひょっとしたら、省略されていたかもしれないけれど。

お節介かもしれないけど、彼女のところに電話してみました。お祖父《じい》様がいらして、連絡先を教えてくれたわ。お終いに書いておきますね。

それでは取り急ぎ、ご返信まで。また機会があったら、ぜひお会いしたいです。同窓会なんてできたらいいですね。きっと誰が誰だか分からなくなっていて、面白いわよ。女って、びっくりするくらい、変わるから。いいにしろ、悪いにしろ、ね。あなたの思い出のなかで、私はきっとおさげに眼鏡の堅物のまんまなんでしょうけど、さて、今じゃどうなっているでしょうね？

じゃ、バイバイ。

内山幸枝

読み終えてしばらくの間、千波はぼんやりとその場に座り込んでいた。

中断されていた作業を思い出し、アルバムをめくり始めたのは、それからずいぶん経ってからのことだった。

さして探すまでもなく、彼女の写真はすぐに見つかった。

明るい栗色《くりいろ》の髪が風に乱れ、光がまぶしいのか、ちょっと顔をしかめている。

結城麻子。写真の下にはそうあった。

ぱちん――。

音を立てて、何かが弾けた。

彼女の写真を一目見た瞬間、千波の中で深い眠りについていた何かが、激しく揺り起こされた。

理由の分からない涙が、千波の頬を伝っていた。

どうして？　どうして？　どうして？

風の便りでご結婚なさったものとばかり思っていましたが……。

どうして内山幸枝はそんなふうに思い込んでいたのだろう。恋愛レベルならともかく、こと結婚に関するかぎり、間違った噂が流れるなんて考えにくい。芸能人とは違うのだから。

しかも〈結婚するらしい〉ではなく〈結婚した〉。過去形なのである。

それとも間違っているのは、千波なのだろうか？

自分で出した疑問に、千波は自分で首を振った。まさかまさかまさか……。

どこか遠くでブザーの音がする。ゆらりと立ち上がり、ドアを開けた。

ああ、やっぱりと思った。千波にはなぜか分かっていた。そこに立っているのが、結城麻子であることは。

彼女は千波をじっと見てから、無言で靴を脱ぎ、上がってきた。そして部屋のなかをゆっくりと見回す。内山幸枝からの手紙と、卒業アルバムのところで、彼女の視線が止まった。

（あなたが〈ＹＵＫＩ〉だったのね）

千波は言葉にならない問いをぶつけた。

結城麻子はすうっと笑った。

「やっと、思い出してくれたん？」

……満月だった。

打ち寄せる銀色の波は砂を重く濡らし、ぼくの足首をひたひたと洗った。乾いた砂の上よりは、波打ち際を歩いていたかった。海と陸との境界線上を。生と死の、はざまを。此岸《しがん》と彼岸《ひがん》との、マージナル。

ゆるやかにカーヴした岬に沿って、家々の灯や街灯が蜿々《えんえん》と連なっている。まるできらきら光るグラニュー糖をまぶした、チョコレートバーみたいに見える。

歩いても歩いても、風景は少しも変わらない。海はいったい満ちているのか、それとも引いているのか、銀色に光る波はただ、よせては返し、よせては返しを、単調なリズムでくりかえしている。ぼくと、ぼくの影法師とを、静かに洗い続けている。あらゆるものは、思いがけないほどにくっきりと、砂浜に影を投げ落としている。周囲に光源はなにもない。

暗闇のなかを歩くのは、月の影法師だ。

夜はその場に横たわったまま、みじろぎもせずに息をひそめている。時間の流れはだんだんゆるやかになり、やがて、ほどけきったゼンマイみたいに止まるだろう。

そして彼女が現れる――。

ぼくは立ち止まり、眼を閉じた。静かだった。初めのうち、波の音だけが聞こえてくる。やがてそこに、別な物音が混じる。湿った砂の上を歩く音。近づいてくる。

彼女だ。

「やあ」

眼を開き、ぼくは彼女に挨拶をした。

久しぶりに会う彼女は素足で、片手に靴を揃えて持っている。

「裸足《はだし》じゃ、危ないんじゃないかな。この海もずいぶん汚れてしまったから、ガラスや何かで、足を切るかもしれない」

闇のなかで、かすかに相手は微笑んだ。

「大丈夫」

久しぶりに聞くその声もまた、微笑んでいた。

「なぜぼくをここに呼んだの」

「ここに来て欲しかったから」

「いつからここにいたんだい」

「あなたとおんなじときから」

「きみは何を望んでいるんだ」

「あなたが望んでいることを」

よせて、返す波のように、ぼくらの会話は単調で、かんじんな答えは何ひとつ得られず、そのくせ輪郭がだんだん溶けくずれていくように、何かが終焉《しゅうえん》に向かっているのが分かる。どうかしている。ぼくは自嘲ぎみに首を振った。これじゃまるで、恋人同士の別れのシーンみたいじゃないか？

「そうよ、これで最後なの」

まるでぼくの心を読んだみたいに、彼女が言った。

「いつも一緒にいたのよ、気づいていた？　いちばん初めにあったあの海のなかで、わたしたちはずっと一緒にいたわ。わたしたちはお互いの存在を認めていたし、ときには交信だってしていたわ」

「ヒロミ……」

「あなたを連れにきたの。ねえ、知っている？　すべての生命は、海から始まったのよ。いったん陸に上がってから、やっぱり海に戻ってきた生物だっているわ。ねえ、海に戻りまして右手を差し出した。

「海に……行く？」

「行くんじゃないわ、還るのよ」

ヒロミは靴を砂の上に放り出し、膝《ひざ》まで水に漬かった。そして誘うように、ぼくに向かって右手を差し出した。

アルバムで見た、母の若いころの姿と、彼女は酷似していた。

双子としてぼくと共に生まれながら、死産に終わった姉か、それとも妹がいたんじゃないか。その問いに、母の顔色ははっきりと変わった。それでいて、母親は同じくらいはっきりと否定した。

あたしの子供は、あなただけよ、と。

可哀相なヒロミ。

可哀相なヒロミ。

始まったその瞬間が、すでに終わりだったヒロミ。

彼女はぼくと共にいたいのだと言う。海に還りたいのだと言う。

ならば共に行ってやるべきじゃないのか？

彼女はもう、腰まで水に漬かっていた。こちらを振り向き、まるで人魚姫みたいに笑う。

ぼくは彼女と同じように靴を脱ぎ、上着を捨てて、ざぶざぶと水に入っていった……。

「――真剣な顔をして、何を読んでいるのかと思えば」

カバーをかけた本を、横からひょいと覗き込み、夫は声を立てて笑った。

「もう何度も読んだんだろう？」

「そうよ、こんどで三回目。あともうちょっとで読み終わるわ」

わたしは顔を上げ、微笑んだ。夫はおやおやと言うように肩をすくめ、ソファを離れた。どうやら照れているらしい。大きな体に似合わず、とてもシャイな人だ。

『いちばん初めにあった海』は、彼のたった一冊の本だ。もう書かないのと聞いたら、作家じゃないからそうそうは書けないと、変な威張られ方をした。本を出すのは子供の頃からの夢で、それが叶《かな》ったからもう満足なんだと言う。

「気が向いたらね、いずれ、書くよ。本にはしてもらえなくても、千波に読んでもらえれば、それでいいから」

そうも言ってくれた。二人だけの、幸せな約束だ。

彼がCDをセットしたらしい。美しいピアノのしらべが、リビングを満たしはじめた。

「きれいね、それ。なんて曲？」

「ワイマンの『銀波』。銀色の波って書く。そのラストシーンを書いていたときに、イメージしてたメロディだよ」

わたしは目を閉じて、うっとりとその旋律に身をゆだねた。

「きれいね」

わたしはもう一度、つぶやいた。同じ口下手同士でも、わたしには彼のように、さまざまな思いを文章で表現することはできない。ごく単純な言葉でしか感動を表せない。それでも彼にはその陳腐な一言で、充分過ぎるくらいなのだ。たとえ何も言わなくたって、大丈夫。わたしのことなら何でも分かってくれる。

わたしたちは二人で一つなのだ。共に一つの時間を共有することで、これほどの安堵を覚えるなんてことは、かつてなかった。この、無口で優しい人に出会うまでは。

これがどれほど奇跡に近いことか、わたしたち二人だけが知っている。そして共に喜び合っている。

こんなに静かで穏やかな夜を、一人ではなく二人で過ごせることを。

「バニシング・ツインっていう言葉があるんだ」

ふいに、独り言のように彼が言った。わたしは相手の言った単語をおうむ返しにつぶやいてから、首を傾げた。

「なあに、それ」

「双子のうち、片方が胎内で消滅してしまう現象のことさ」

「消滅……？　消えてしまうの？　どうして？」

「さあ、原因は不明だってことだ。現代医学にだって、分からないことは山ほどあるからね。ただ僕はその事実を知ったときにこう思った。『ひょっとしたら、自分だって双子だったのかもしれないぞ。消えてしまっていたのは、僕のほうだったのかもしれないぞ』ってね。だけど現に僕はこうして存在しているわけだし、もしその双子の片割れが消えてしまったとしたら、いったいどこに行ってしまったんだろうって、そんなことが無性に気になってね。そんな気持ちが高じて、しまいにあんなおかしな手紙を書いてしまったってわけなんだ」

「手紙？」

「きみが今読んでいる、この本のことさ。いいかい？　もし何かを伝えたい人の居所が分かっているなら、ポストに投函すればいい。それが誰なのか、どこにいるのかも分からない場合は、風船につけて空に飛ばしてしまうか、瓶につめて海に流すしかない。そう思わないかい？」

「……その手紙は、ちゃんと届いた？」

彼は明るく笑った。

「もちろん」

大きくうなずいてから、そっとわたしを抱き寄せた。

10

「——やっと、思い出してくれたん？　人魚姫さん」

奇妙な表情を浮かべ、ささやくように麻子は言った。千波は何度も何度も首を振った。

何も分からない、分かりたくない、思い出したくない……。

麻子は小さくため息をついた。

「ほんと、人魚姫みたいよ、ホリィ。ねえ、ホリィ」

以前にも、こんなふうに呼ばれたことがあった。誰にも真似のできない口調で、ねえ、ホリィ……と。

「たくさんの哀しみを封じ込めて、言葉で栓をして……だからホリィはしゃべることができなくなった。人魚姫みたいに、ねえ」

言葉と共に、すべての哀しみを封じ込め、封じ込め……。

「いちばん初めは、あたしが書いたあの手紙だった。ホリィがあの本を読んでいないことも、手紙に気づいていないことも、あたしには分かってた。あたしはわざと言わなかったの。どっちみち、たいしたことじゃなかったから」

にこりと笑った。昔は、こういう笑い方ができる人じゃなかったのに、と千波は思う。こんなふうに自分から笑える人じゃなかったのに。なんてすてきに笑えるようになったんだろう？　なんて……きれいになったんだろう？

「だけどほんとの初めは、ホリィが双子で生まれてきたその瞬間からかもしれないね。でなかったら……」

麻子は言葉を濁したが、その先を千波は心の中で続けることができた。でなかったら、小さな千尋が死んだとき。双子が双子でなくなったとき。

「だからあたしがホリィにあの本を渡さなくても、いつか自分で出会っていたんじゃないかって思うの。あの本のラストで、主人公が自分の分身のように思える女性に出会えたみたいに」

千波はその場面を正確に思い描くことができた。読み終えていないはずの本の、ラストシーンを。

夜の海の中で、主人公は〈ヒロミ〉の姿を見失ってしまう。懸命に捜すうち、長い髪を藻のように波間に揺らし、水のなかで漂う人影を見いだす。それは〈ヒロミ〉ではなく、まったく知らない、そして半ば死のうとしている女だった。

無我夢中で彼女を救い、気がついたときには二人で波打ち際に倒れていた。

彼女は死のうとした理由について、

「大事なものを失くした」

とだけ語った。それに対して、彼はこう答える。

「ぼくなんか、いちばん初めっから、失くしていたさ……あんたは海が還してよこした命だ。勝手に死ぬ権利は、もうないんだよ」と。

そして二人の再会を予感させて、物語は終わる。

誰もいない砂浜のように、静かな終わり方だった。

この人に会いたい……そう思った。この人はわたしに似ている。もう半分の片割れだ。

そして、以前、まったく同じことを考えたことを、ふいに思い出したのである。

麻子はこの本の作者はすでに亡くなっていると言っていた。だが、あのときには違った。ちゃんと生きていてそして……。

あのときって、いつ？

そしてどうしたのだった？

思い出しちゃいけない。そのとき千波の心が、急ブレーキをかけた。これ以上、思い出しては駄目。

千波の頭のなかは空白になり、そしてすべての思考は停止した。

しかし今、麻子は容赦なくアクセルを踏み、千波を猛スピードでその先に連れて行こうとしている。千波は思わずぎゅっと眼を閉じ、両手で耳を覆った。

「ちゃんと聞かなきゃ駄目」思いがけず、強い口調で麻子は言った。「ちゃんと眼を開けて。あなたには最後まで聞く義務があるの。いい？　三年前のことよ。あなたは今回と同じように大掃除をしてた。どうしてだか分かる？　あなた結婚しようとしてたのよ。お見合い相手で五つ年上の商社マンとね。一流大学出のエリートなんだって、後で聞いたわ。あなたから初めてそれを打ち明けられたとき、あたしは聞いたわよね？　その人のこと、好きなのって。あなたこう答えたわ。好きかどうか分からないけど、でもとってもいい人よって。いい人だってだけで結婚できるものかどうか、あたしには分からなかったけど、でも少なくともあなたはそうするつもりだった。大掃除をしてて、あの本を見つけるまではね」

麻子の言葉は鋭いナイフになって、千波の閉ざされた過去を切り裂いていった。そう、千波があの本を見つけたのは、今からちょうど三年前のことだった。同じとき、麻子からの手紙も見つけた。同じ文面を、千波はかつて、確かに読んでいた。

波がくりかえし、くりかえし、波打ち際に同じ模様を描くように、千波は三年前の出来事を、自分でもそうと知らないうちにそっくりなぞっていた。

だがそれからの千波の行動は、三年前とはきれいにずれていった。それは当然の帰結だ。

当時と今とでは、千波自身の置かれた環境も、周囲の事情も大きく違っているのだから。

千波自身について言えば、あのときはちゃんと働いていたし、決して口数が多いほうではないにしても、ちゃんとしゃべることもできた。そしてもちろん、麻子のこともちゃんと覚えていた。だからすぐさま麻子に電話することもできたのだ。

「あのときあなたから電話がかかってきたわ。今、本を読みおわったって。長い間、手紙に気づかなくってごめんねって。あたしは別にたいしたことじゃないから、深刻に考えないでって答えた。あなたは少し黙り込んで、それから言ったわよね。なんとかして、この本を書いた人に会えないかしらって。冗談めかしてたから、あたしも冗談半分で出版社宛に手紙でも書いてみたらって答えた。そうねってあなた笑ってた。いかにも冗談みたいにね。

本気だったんだって知ったのは、それからずいぶん経ってからだわ」

そう、千波は本気だった。それまで自分が誰かにこれほど会いたいと願うことがあるとは、思ってもみなかった。それも、一度も会ったことのない人に。

様々なことがあった。数度の手紙のやり取り、千波の仕組んだ偶然に、本物の幸運。こんなふうにして恋に落ちることがあるなんて、人から聞いた話なら、決して信じたりはしないだろう。

だが、それは実際に千波に起きた。いや、違う。千波がそれを起こしたのだ。

心から望んだことは、必ず現実になる——強い意志の力さえあれば。

あのとき初めて、千波は自分を愛《いと》しいと思った。後にも先にも、あのときだけ。

「結婚式の招待状が来なかったことは、別に傷ついたりはしなかったけど、でもおかしいとは思ったわ。あなたすごく律儀な人だったし。だから婚約解消したんだって知ったときには、ああ、やっぱりなって思った。だけどあの本の作者と結婚するんだって聞かされたときには、さすがに驚いたわ。周り中から反対されてるけど、でも頑張るって。好きだから頑張るって。麻子だけは応援してねって、そう言ってたわよね。

あなた本当に頑張ったわよ。あのときは、ほんとに頑張れたじゃないの。どうして全部忘れちゃったの？　どうして口がきけなくなっちゃったのよ」

ひんやりしたものが、千波の心を満たし始めていた。様々な言葉の断片が、次々に浮かんでは、消えていく。

どうして？　決まってるじゃないの。

コトダマよ。言葉の魂を封じ込めるために。誰かがいなくなればいいなんて、二度と願わずにすむように……。

どうして、どうして、誰もかれもわたしの側《そば》からいなくなってしまうの？

忘却は姿を変えた慈悲だ。時がすべてを癒してくれるのを待っている余裕など、とてもなかった。心がはじけ飛んでしまいそうだった。

手紙を見たとき、なぜすぐに思い出さなかったのだろう？

とても幸せだった。あの人と二人で……千波が生まれて初めて闘って得たもの。後悔なんか、していない。やっと出会えたんだもの……。

子供が生まれたら、〈広海〉って名付けようと、決めた。男の子でも、女の子でも……。

電話は嫌い。お母さんの死を知らせてきた。その上……。

どうしてあの人が死ななきゃ、ならないの？　あんなに元気だったのに。子供が生まれてくるのを、とても楽しみにしてたのに。

車も嫌い。大嫌い。

どうして誰もかれも、わたしの側からいなくなってしまうの？　千尋も、お母さんも、あの人も……それから……。

どうして、どうして、どうして、どうして……。

「あなたにひどいことしてるのは、分かってるわ」

辛そうな声で麻子は言った。ナイフを持っているのは麻子なのに。わたしの心はこんなに血を流しているのに。たった一言、「もう止《や》めて」と頼むことすら、できないのに……。

「あなたが救急車で運ばれたって聞いたとき、病院に行ったのよ。お父さまがいらしてて、あなたが物も言えなくなるほどのショックを受けてるっておっしゃってたわ」

千波は両手で口を覆った。吐き気がした。口のなかに嫌な味が広がってくる。歯を食いしばってこらえた。両の眼に涙がにじむ。

千波には分かっていた。

いちばん辛い思い出が、すぐそこにまで来ている……。

「でもあなたに起きた異常は、本当はそれだけじゃなかった。あたしのことを、すっかり忘れていたのよ。びっくりしたし、初めはどうしてなのか、理由が分からなかった。だけど、だんだん分かってきたわ。あの本がすべての始まりだったからなのよ。あの本を読みさえしなければ、耐えられないほどの不幸は起きなかった。だからあなたの心は、本を読んだ記憶を消してしまった。千波の精神を、崩壊から守るためにね。同じようにして、あたしの記憶もすべて消したんだわ。本が千波の手に渡った経緯を考えると、あたしの存在そのものを消してしまう方がより安全だったから」

眼が覚めたとき、千波のお腹の中は空っぽになっていた。赤ん坊の気配はどこにもない。あんなに元気に動いていたのに。

「分身を育てていたのよね、あなたは。幼い頃に亡くなってしまったあなたの双子の片割れを、もう一度、この世に送りだしたかった。自分だけが生きていることに、ずっと負い目を感じていたから。だから、あなたのお腹の子供に対する感情は、普通の母親のものよりも、ずっと重くて強いものだった。だからそのぶん、ショックも大きかったんじゃないかしら。とても耐えることができないほどに」

それが分かっていて、どうして思い出させようとするのだろう？　「止めて」と頼むこともできないわたしに。

「この本がすべての始まりだった」ずっと変わらない、淡々とした口調で麻子は話しつづけた。そっと青い表紙の本を取り上げ、数ページをめくる。「だからあたしは、もう一度スイッチを押すことにしたの。あなたのお父さまを協力者にしてね。あなたが家を出ようとしていたとき、お父さまに頼んでこの本を荷物の中に紛れ込ませたの。もちろん、あのときとまったく同じ手紙を書いて、ページの間にはさんでおいたわ。だからインクの色が、まだ新しかったでしょう？　気がつかなかった？」

かすかに微笑みさえする麻子が、心底憎らしいと思った。そんなことが何だというのだろう？　気がつこうと、つくまいと、結果はおそらく何一つ違わない。

麻子は千波の心のかさぶたを、情け容赦なくはがしてしまった。傷口から血液が溢《あふ》れだすように、ぞっとするような記憶が蘇ってくる。

夥《おびただ》しい出血があった。とても信じられない知らせを受けてから、まもなくのことだ。いまだかつて経験したことのないような痛みが、千波を襲った。

まだ駄目——。

生まれてきては駄目。まだ七ヵ月なのに。死んでしまう。

気が遠くなりながら、千波は懸命にそう叫び続けていた……。

そして気がついたとき、千波は病院のベッドの上に横たわっていた。手も脚も指も頬も、まるで自分の身体じゃないみたいだ。救急車に乗せられたことも、手術を受けたことも、何一つ覚えていない。何が何だかまるで分からなかった。ただ一つの、決定的なことを除いて。

アカチャンハ、シンデシマッタンダワ……。

千波の喉から、動物のようなうめき声が漏れた。やがてそれは、嗚咽《おえつ》に変わった。そっと肩を抱こうとする麻子の手を払いのけ、相手の胸を、げんこつで叩いた。何度も何度も叩いた。力一杯、哀しみと憎しみを込めて。

どうして思い出させたりしたの。忘れていた方がずっと良かったのに。

いちばん初めにあった海に——薄いスープみたいにとろりと暖かい原初の海に浮かんで、胎児のようにうずくまっていられた方が、どんなにか良かったのに。

ゆらゆらとゆらめく時の流れの中で、麻子のことを忘れ、本のことを忘れ、言葉を忘れ、死んでしまった夫のことも母のことも千尋のことも……いなくなってしまった赤ん坊のことも……みんな忘れていたかったのに。その方がずっと楽だったのに。

嗚咽の声さえ出ないまま、千波は麻子の胸を何度も何度も叩き続けた。麻子の胸は薄く頼りなげだったが、それでも千波のこぶしをはじき返す確かな弾力があった。

「甘えるんじゃないわよ」

麻子のその声は低かった。だが、千波の頰をぴしりと打つように強い響きを持っていた。

「遅かれ早かれ、思い出していたことよ。そのうち自分の中で帳尻《ちょうじり》が合わなくなって、どこかで破綻《はたん》していたわ。そんなことよりも、とにかく来て。あなたに見せたいものがあるの」

有無を言わせぬ口調でそう言い捨て、麻子は先に立って歩きだした。

11

途中でタクシーを拾い、千波の腕をぐいと引いて後部座席に並んで座った。麻子が冷静な声で行き先を告げたとき、千波の体はぶるりと震えた。千波は激しく首を振った。

(嫌、あそこへはもう二度と行きたくない)

その思いを言葉にして伝える術はない。ただ、懸命に首を振りつづけるしかなかった。麻子は先程とは別人のように、穏やかな顔でじっと正面を見つめている。

「可哀相だけど、嫌でも行くの」あやすように優しく、麻子は言った。「あの場所を境にして、千波は前に進むことを拒否してしまったのよ。正しく走りなおすためには、もう一度あの場所に行かなきゃならないの。分かる?」

分からない。分かりたくない。

千波には、首を振るより他に、意思表示の術はない。だが麻子は正面を向いたまま、もはや千波を見ようともしなかった。

「さあ、そろそろだわ」

やがて、麻子はぽつりとつぶやいた。

左手正面に、白い鉄筋コンクリートの建物が見えてきた。車から降りた千波の背中を、麻子がぽんと叩く。

「ほら、しゃんとするのよ、堀井千波。結婚するときにはあんなに頑張れたじゃないの」

ようやく千波は首を振ることをやめ、震える唇を嚙みしめて、ごくかすかにうなずいた。

そう、あのときには自分でも思いがけないほどに頑張れた。かつて婚約者だった男性を傷つけ、父を傷つけ、自分自身も傷つきながら、それでも真っ直ぐ突き進むことができた。千波だけが正しいと感じることができた道へ。自分があれほどにエゴイストになれるとは思ってもいなかったし、そんな自分をあんなにも好きになれるとは思いがけないことだった。

けれどあのときと今とでは、まるで違う。共に歩き、共に闘ってくれる人は今はいないのだ。

他の誰かに言われたのなら、決して千波はその建物に入りはしなかっただろう。だが麻子にだけは、それを命令する権利があった。千波は麻子との約束を破ったのだから。麻子のことを、きれいに忘れていたのだから。

二重になった自動ドアを通り抜けると、ぷんと消毒薬の匂いがした。白い制服姿のナースが、忙しそうに行き来している。一人が麻子を見て、ちらりと会釈した。

待合室のソファの陰から、ふいに幼児がよたよたと歩きだし、千波を見上げてにいっと笑った。まだ歩きはじめたばかりなのだろう、その歩き方はいかにもたどたどしく、危なっかしい。

千波は吸い寄せられるように、その幼い子供を見つめていた。

「まあくん、お母さんはこっちよ」

女の人が子供を呼んだ。その腹部は、まるで丸ごとのスイカを呑んだようにぷっくりと丸い。

「こっちよ」

母子には目もくれず、麻子が千波の右腕に自分の腕を滑り込ませた。

エレベーターで三階まで上り、角をいくつか回った。ピンクのガウンを羽織った、産後らしい女性の姿が目立つ。

「ここで待っていて」

そう言い残し、麻子はナースステーションで二言三言言葉を交わした。やがて一人のナースを伴って戻ってきた。ナースキャップからわずかに見える髪の毛には、いくぶん白い物が混ざっている。彼女は千波に向かい、優しく微笑んだ。両の目尻《めじり》と口許《くちもと》に、柔らかく皺《しわ》が刻まれる。

「ずっとお待ちしていましたわ」

千波を促して歩きだす。千波は彼女に言われるまま、別室で両手を消毒し、おかしな帽子で髪を覆い、白い上っ張りを身につけた。

「さあ、こちらです」

ナースが示したドアの向こうには、奇妙な箱型の機械がいくつも並んだ小部屋があった。箱からは細いチューブや電線がいくつも延び、上部はガラスで作られている。一つを覗き込み、千波はびくりとした。

何やら赤っぽい生き物が、そこに横たわっている。

それが何なのか、千波にはよく分かっていた。『未熟児室』と書かれたドアを開ける前から。そしてもしかしたら、この産院に足を踏み入れた瞬間から。

赤ん坊だった。だが、あまりにも小さい。腕などは、千波の小指ほどしかないように見える。にもかかわらず、ちゃんと人間の形をしている。何本ものチューブが体のあちこちに延びているのが、ひどく痛々しく、無残だった。だが、この物々しい機械の力で、辛うじて生命をつないでいることは間違いなかった。小さな体に押し当てられたチューブは、文字通り命の綱なのだ。

「さあ、あなたの広海くんですよ」

赤ん坊をあやすような声で、看護婦は千波に言った。

広海？

千波は大きく眼を見開いた。

そうだ、あの人とずっと言っていた。

『男の子だったら、絶対、広海って名前にしましょうね』

『女の子だったら？』

『それでもやっぱり広海ちゃん。ぜんぜん問題ないでしょう？』

何度も何度も、飽きることなく同じような会話をくりかえしていた。

わたしのヒロミ、小さいヒロミ、可愛いヒロミ……。

いなくなってしまったはずの。この世から、消えてしまったはずの……。

千波は呆然《ぼうぜん》と立ちすくんでいた。

いったいどうしてこんな奇跡が起きたのだ？

目の前にいるのはしわくちゃの魔女なんかではなく、白衣を着た、少しだけ年かさのナースである。

「これでもずいぶん、大きくなったんですよ」彼女は快活に言った。千波の母親が生きていれば、同じくらいの年齢なのかもしれなかった。「あなたが運ばれてきたときには、とても危険な状態でした。あなたを助けるだけで精一杯、赤ちゃんはとても無理だろうって、きっとみんなそう思っていたわ……誰も口には出しませんでしたけどね。まだ八ヵ月にもなっていなかったし、赤ちゃんの発育状況もよくなかったわ。帝王切開でお腹から取り出した時、赤ちゃんの体重は五百二十グラムしかなかったの」

五百二十グラム。千波はぼんやりと頭のなかで反芻した。

あとで笑ってしまうことになるが、それがどのくらいの重さなのかを実感する手段として、ぱっと千波の頭に浮かんだのは料理のことだった。カップ二杯半のスープ。ジャガイモなら三個くらい。中くらいのアジなら五匹。

そんな物と、秤《はかり》はきれいに釣り合ってしまうのだ。

あまりにも儚《はかな》い。けれど確かな重み……。

「小さい小さい赤ん坊だったわ。でもびっくりするくらい、強かったの。たとえ大きく生まれたって、生まれて間もなく亡くなってしまう子はいるわ。だけどこの子は、こんなに小さいのに、強かったの。まだまだ標準体重には遠いけど、でももう大丈夫、心配ないわ。今は医療技術がとても進んでいるから、四百グラムくらいの赤ちゃんでも、無事に育てられるの。もちろん、保育器や先生の力を借りなきゃならないし、長い時間と、根気が必要ですけれどね。あとは、お母さんしだいよ」

そう言って、相手は軽やかに微笑んだ。

生きていて、くれた。

生きていて、くれた。

遠い原初の海を泳ぎ抜いてくれていた……。ガラスの保育器という船に乗って、たどりついてくれた。千波のいる、こちら側の浜辺へ。

千波はおずおずと手を伸ばし、チューブの間からわずかに覗いている赤ん坊の皮膚に、そっと触れた。胸に何か熱い固まりがこみ上げてくる。千波の握り拳《こぶし》ほどもない小さな頭。小指ほどもない、か細い腕。口も眼も耳も鼻も指も爪《つめ》も、すべてがみな、あまりにも小さく、華奢《きゃしゃ》だった。

けれどそのすべては、間違いなく千波が自分の力で生み出したものなのだ……。

「そう、触ってあげて」励ますように、ナースは言う。「赤ん坊には、特に未熟児にはね、それが必要なの。外界からの刺激で、発育が促されるの。なでてあげて。優しく、そうっと……」

信じられないくらいに柔らかく、かすかに湿り気を帯びた感触があった。確かに生きている。呼吸している。小さな心臓は、新しい血液を身体中に送りだしている。そうっと、そうっと。ナースの言葉を頭のなかでくりかえしながら、赤ん坊の頬やお腹や手や足に触れた。

「何の反応もなくても、諦めないで。できれば毎日、ここに来て欲しいの。この子にも、それからあなたにも、それが必要なんですよ」

千波は思わず顔を上げて相手を見た。相変わらず、ナースは優しい笑みを浮かべている。

「あなたの事情は、伺っていますよ……生きていればね、長く生きていれば、人生にはとても耐えられないような哀しいことっていうのは、あるものなんですよ。どう考えても不公平なことも、あまりにも理不尽なこともね、いっくらでもあるものなんです。だけど可哀相とは言いませんよ。この子が残った上に、あなたには優しいお父さまと、素晴らしいお友達がいる」

千波は深くうなずいた。涙があふれてきた。相手も大きくうなずき返してから、こう付け加えた。

「この上、何を望みますか?」

ナースの目尻にも、光るものがあった。「……子供はね、ずんずん大きくなります。そりゃあもう、あっと言う間ですよ」

千波はふたたび、こくりとうなずいた。

哀しみの深い淵《ふち》の底で、千波はうずくまったきり、一歩も動けないでいた。何も見ず、聞かず、考えないままに。だけどこれからはしっかりと歩いて行ける。成長だってしていける。

今、目の前ですやすやと眠っている、小さくか細い赤ん坊と共に。

広海はずんずん、ずんずん大きくなるだろう。あっと言う間に大きくなって……やがては千波の心にぽっかり開いた穴を、きれいにふさいでしまうだろう。

その日はかならずやってくる。千波はそう確信していた。

今ほど、声が出ないことをもどかしく思ったことはなかった。世界中にお礼が言いたかった。目の前のナースに、ガラスケースに横たわる我が子に、ずっと見守り、案じてくれていた父に、そして……。

麻子？

周囲を見回したが、旧友の姿は見当たらない。

「お友達、帰られたのかしらねえ」

ナースも不思議そうだった。千波は相手に向かい、生涯でいちばんの感謝と敬意を込めて、深いお辞儀をした。馬鹿ねえと言いたげに手を振るナースを残し、未熟児室を出た。見えるかぎりの廊下にはいない。ロビーにも、エレベーターホールにも、一階の待合室にも、麻子の姿はなかった。

千波の記憶から消えていたような完璧さで、麻子はきれいに病院から姿を消してしまったのである。

そうしてわたしは今度こそ、長い長いトンネルを抜けた。

頭のなかをずっと覆っていた霧は、少しずつ、晴れようとしている。わたしは色々な事実を、もどかしいほどにゆっくりとではあったが、受け入れて行った。

夫の死について、詳しい状況は未だに何一つ思い出せない。もともと、自動車事故で亡くなったという事実の他は知らされていなかったのかもしれない。すぐに病院に運ばれてしまったのだから、その可能性は高い。聞けば、父は答えてくれるだろうけれど、わたしにはその勇気はない。少なくとも、今はまだ。

もう一度、実家に帰らせてもらえないかと父に頼んでみた。父はとても喜んでくれた。

「これで広海がやってきたら、また昔みたいな三人家族だな」

嬉しそうに……本当に心から嬉しそうに、そんなことを言う。ずいぶん白髪が増えたのを見て、涙がこぼれそうになった。

ここのところずっと、大掃除の続きをしている。父が引越業者から段ボール箱を取り寄せてくれたから、いろんな物を片っ端から詰め込んでいる。迷っていたら仕事が進まないし、どうせなくて本当に困るものなんて、滅多にないのだから。

あのとき以来、麻子とは会っていない。何の連絡もくれないし、こちらからもしていない。正直言って、彼女と会うのは辛かった。

わたしが麻子の存在を消してしまっていると知ったとき、麻子は胸がえぐられるような思いを味わったに違いないのだ。それは彼女にとって、何よりもひどい裏切りだったろう。にもかかわらず、麻子はやってきてくれた。閉ざされてただ空回りしていたわたしの記憶を、あるべき場所に戻すために。

麻子に合わせる顔が、わたしにはない。何より謝るべき言葉を、わたしは持たない。

彼女との再会をためらうもう一つの理由に、本の間に挟まっていた手紙のことがある。三年前に初めてあの手紙を読んだときには、たいして気にも留めなかった。麻子本人が、たいしたことじゃないと明言したせいもある。けれど正直なところ、本の作者のことで胸が一杯で、そこまで気が回らなかったというのが本当だ。でなければ、もう少しあれを重くとらえていたのではなかっただろうか。

今回の場合は、わたし自身の過去に焦点が向かってしまったために――もちろん、それこそが麻子の狙いだったわけだが――手紙のことは結局うやむやになってしまった。

だが――。

どう読んでみたところで、あれは彼女自身の殺人の告白ではなかったか？

ごく幼い頃のことだと言う。だからたとえ告白したところで、彼女が何らかの罪に問われることは考えにくい。麻子自身、当時は罪悪感なんか、持っていなかったに違いない。だが成長するに従い……自分のしたことが分かってくるにつれ、彼女は苦しまざるをえなかった。苦しんだ末の、あれは賭《か》けだったのだ。自らを告発し、裁くための。

そのためにわたしが選ばれた。

視力を失うなんていう、考えられないようなアクシデントさえなければ、わたしはあの本を即座に読んでいたに違いなかった。麻子はその場で自分に有罪の判決を下していただろう――どういう形を採るつもりだったかは分からないが。だが、相当に過酷な決意を固めていたに違いないのだ。十中八九までが有罪の中で、ごくわずかな無罪の可能性を残しておいたのだから。

いや――無罪などと呼べるものではないだろう。それは生涯続く、執行の猶予に過ぎない。麻子は生きている限り、ただ一人で重すぎる荷物を背負っていかねばならないのだ。いったいどちらが麻子にとって少しでも良かったのか、わたしには分からない。

結果としては、わたしは本を読まず、手紙にも気づかなかった。だから麻子は、敢えて何も言おうとしなかったのだ。

わたしはほぼ確信している。あの十七から十八にかけての日々こそが、法律という砂時計の砂粒が落ちる、最後の瞬間だったことを。

卒業式の日、麻子は真剣な表情をして、指で作ったピストルでわたしの心臓を撃ち抜いた。あれは彼女にとって、ひとつのゲームが終わったことを告げる、試合終了のホイッスルだったのだ。

わたしが実際にあの手紙に目を通したのは三年前の話だが、それがたとえ今日であろうが、来年であろうが、ことその件に関しては意味がない。とうの昔に時効に達した事件だ。

今ならはっきり分かる。今度のことが起こる前から、わたしはくりかえし、黄色い風景のなかの少女の夢を見ていた。あれは麻子だ。三年前に読んだ手紙が、その事実さえ忘れ果てた頃になっても、わたしに不吉な影を投げかけていた。胸のなかにちらちらと躍る、不安。蜜蜂は、危険のサイン……。

徹底して他人を排除していた麻子が、どうしてわたしにだけはあれほどの執着を見せたのか？　それも今なら分かる気がする。いっそ無慈悲なほどに明るく健康的であるべき時代に、わたしたちはそろって人の死という重すぎる荷を背負っていた。

わたしは夫に救われ、広海に救われ、そして麻子に救われた。

では麻子は、いったい誰に救ってもらえるのだろう？　果して本当の意味での救済など、ありうるのだろうか？

これは麻子に対して、永遠に払うことのできない負債だ。わたしが今なお言葉を発することができずにいるのは、無意識のうちにそのアンバランスを少しでも正そうとしているからではないのか。もちろん麻子には、何の意味もないことなのだが。

あのとき病院で麻子が姿を消し、その後連絡をしてこないのは、彼女自身がわたしと顔を合わせることを望んでいないからだ。そう自分に言い聞かせ、日々を過ごしていた。病院へは毎日足を運び、小さな我が子に触れたり、眼と口の動きだけで話しかけたりした。発育は極めて順調で、この分なら当初に考えられていたよりもずっと早く保育器から出ることができそうだとのこと。それでも、まだまだ先の話には違いないのだが。

だが、わたしもただぼんやりと待ってはいられない。来るべきその日にそなえ、育児のための準備を進め、覚悟を固めなければならない。水槽の中から突然清流に放された魚のように、毎日が忙しく、新鮮だった。

ある日病院を訪れると、いつものように芳川《よしかわ》さんが笑顔と共に迎えてくれた。あのときのナースである。

「あら、一足違いだったわね」

わたしの顔を見るなりそう言った。首を傾げると、

「いらしてたのよ。ほら、お名前何ておっしゃったかしら、あなたのお友達」

もどかしそうに首をひねっている。「どこかよそに行ってしまうんですってね、彼女。広海君にお別れを言いにきたんだって、そう言ってたわ」

お別れ？　どういうことだろう。わたしは常に持ち歩くようになっていた、メモ帳と筆記用具を取り出した。

（結城さん、どこに行くって言ってました？）

「ああ、結城さん。そうだったわ。だけど、さあ……どこに行くって、言ってたかしらねえ。ちょっと覚えがないんだけど。何か言ったような気もするわ。確か……新幹線に乗るとか。それでもう、こっちにはなかなか戻れないだろうからって」

新幹線を使うとなれば、かなり遠い場所だということになる。もし今から駆けつけたとして、あの広い駅の人込みの中から、麻子を見つけることなんてできるだろうか？

考え込むわたしを見て、芳川さんは困ったような顔をしていたが、ふいにぱっと顔を輝かせた。

「そうそう、結城さん、きれいな花束を持っていてね、わたしがどなたかにプレゼント？って聞いたら、あの方にっこり笑ってね、『ええ、パセリの木にお別れ言いにいくの』なんて言ってたわ……何のことだか、分かる？」

聞くなりわたしは駆けだす態勢に入っていた。パセリの木。もちろん、わたしたちのクスノキのことに決まっている。やや心配そうな芳川さんに微笑みながら会釈をし、病院内で許される限りのスピードで、転がるように表に飛び出した。

学校までは電車や徒歩を含めて小一時間ほどかかる。間に合うだろうか？　彼女はどれくらいの時間を、あの木の下で過ごすつもりだろう。麻子はわたしを待っていてくれるだろうか。

麻子を一人で行かせてはならないのだ。彼女にどうしても言わなくてはならないことがある。何としても伝えなければならないことが。

電車の中は、中途半端な空き具合だった。乗客の衣服でこすれてすり減ったシートは、靴を脱いで窓にへばりつく子供やその母親、口を開けて眠り込むお年寄りと、まとまりの悪い手荷物類、ラッシュ時の仕返しのように目一杯新聞を広げて読むサラリーマン、誰かが読み捨てた雑誌、などといった人や物で、ほぼ埋め尽くされている。ぼんやりとドアにもたれて立っている人の姿もちらほらあった。

わたしもドアの脇に立ち、車窓を滑っていく風景を眺めた。いつの間にか初夏の色に塗り替えられている景色は、乾いた砂に吸い込まれる水のように、すうっとわたしの胸にしみ入ってきた。

——ほら。こんなにも世界は新しいよ、麻子。

この同じ風景を、彼女はどんな思いで、眺めたのだろうか？

これは広海のために、残していかなければならない風景だ。わたしたちが守るべき、世界だ。

ふいに、女に生まれて良かったと思った。それは理由も何もない、一足飛びの結論だった。

やがて電車は目的地に着いた。以前は駅員に定期券を見せて通り抜けていた改札は、今では当然のように自動化されていた。駅舎は前よりも一層古びた感があるが、これもまた、当然のことだ。

町並みの変わり方についても、基本的には駅となんら違わない。変わったと言えば、変わった。新しく便利になった物もあれば、ただ古びてくすんでいくだけの物もある。学生の町という根本的な機能については、さして変わったように見えない。そこここにちりばめられた思い出は、総じて底抜けに明るい、能天気なものばかりだ。脳が記憶に浄化作用を命じた結果、そういうものだけが選ばれ、残ったのだろう。

生きていたら辛いことや嫌なことは山ほどある。そういうものをすべて抱えたままでは、人は生きていけないから……。

ほら、校門が見えてきた。自分の心臓の音を聞きながら、わたしは門の前を通過した。平日の真っ昼間だ。校内にはたくさんの人がいる。表から堂々と入るのは気が引けた。それにあのクスノキは、裏門から入った方がずっと近い。もう少し歩けば、木の枝が見えてくる。うっそうと繁った葉。太い幹。ほら……。

最初に聞こえてきたのは、音だった。風が数百、数千、数万の葉を撫でて過ぎて行く音。樹が歌っている――少ししわがれた、陽気なバリトンで。

ほら、何一つ変わらない。わたしたちの八年間なんて、この老木にとってはほんの一瞬の時でしかない。ほんの少し前、わたしたちはここにいて、笑ったり、おしゃべりしたり、そして長いこと、黙り込んだりしていた。びっしりと繁った木の葉の匂い、土の匂い、青臭い夏草の匂い……。

涙がこぼれそうだった。

たとえほんの一瞬だろうが、八年という年月だろうが、結局は過ぎ去った時間だ。二度と、戻ってこない……。

ふいに、その場にいるのが自分一人じゃないことに気づき、どきりとした。突然、木の陰から一人の少女が現れたのだ。セーラー服を身につけた、ショートヘアの女の子。

腕に抱えているのは、小さな白い花束だった。

(麻子?)

そう思ったのは、ほんの数秒のことに過ぎなかった。

ヘアマニキュアでもしているのか、少女の短い髪は日の光に赤く透け、耳たぶには小さな金のピアスが光っていた。もちろん、この学校の生徒に違いない。校則がずいぶんゆるくなったのか、それともこの子が校則など意に介していないだけなのか、恐らく後者なのだろう。底抜けに陽気で、自由奔放な今時の女子高校生だ。麻子とはまるで似ていない。彼女はほとんど自分を飾ろうとしない子だった。

数秒遅れて相手もわたしに気づき、とっさに品定めするような視線を向けてきた。いきなりやってきたこの女は、敵か、味方か。いつもそうやって、分類しているのだろう。その視線がふいにそれ、強い眼の光がふっと緩んだ。

「見つけたー。やっぱりここにいたのね。早く帰んなさいよ」

わたしの肩ごしに、別な少女の声が響いた。元からいた少女の口許に、苦笑めいた笑みが浮かんだ。

「うるさいなあ、いいじゃん別に。自習なんだから」

うんざりしたふうを装っていたが、あまり成功していなかった。後からやってきた少女の、はきはきした声が言う。

「ダーメ。先生が見回りにきたらどうすんのよ」

「分かったよ、帰るってば」

赤い髪の少女は諦めたようにそう答え、クスノキから離れた。彼女がわたしの傍らをすり抜ける瞬間、少女が抱えた花束がまるでスポットライトを浴びたように眼に飛び込んできた。

真っ白い、アスターだった。

「ねえ、ねえ、その花どうしたの？」

「欲しかったら上げるよ」

遠ざかって行く少女たちの会話が聞こえてきた。

「今の人、だあれ？」

「さあ……知んない」

そんなささいな会話など、少女たちは数日もすれば、きれいさっぱり忘れてしまうのだろう。

時は……寄せて返す波のように。くりかえし、くりかえし……波打ち際に良く似た模様を描いては消すことをくりかえし……。

十七歳の麻子とわたし。そして現在の……。

老いたクスノキはあのときと少しも変わらず、同じ場所にどっしりと根を下ろしている。

麻子はついさっきまで、ここにいたのに違いない。そしてあの赤い髪の少女に花束を渡し、去っていったのだ。

アスターにライラック。どちらも麻子が抱えていた、白い花束だ。前者はクスノキに、後者はわたしに贈るために買ってきた。一時期花言葉に凝ったことのあるわたしは、その二つの花に共通する言葉が存在することを知っていた。

――思い出。

おそらくそれはただの偶然に過ぎないのだろう。麻子はその種のセンチメンタリズムを持ち合わせていなかったから。ただ、今のわたしには、その言葉はあまりにも切なく響く。

記憶、追憶、追想……。

麻子を探さなければ。

あらためて、強くそう思った。蝶々《ちょうちょう》は虫ピンで留められて標本箱に入れられた瞬間から、写真はシャッターを押したその時から、記録だとか思い出だとかいう名の、現実とはまるでかけ離れたものに変容してしまう。それがどうしても避けられないことだからこそ、生きて動く麻子を捕まえなければ、何の意味もないのだ。

今、この時に。

学校を出て、わたしは闇雲《やみくも》に走った。行き交う人に不審そうな眼で見られたが、ちっとも構わなかった。もっともすぐに息が切れてしまい、バス通りに出たときには、ほとんど歩くのと大差ない状態になっていた。

交通量が多い道だった。車が奔流のようにごうごうと音をたてて通りすぎて行く。わたしはほとんど呆然としながら、車の流れを見送っていた。力一杯走ったせいで、胸が苦しかった。心臓が、胸を突き破りそうに激しくその存在を主張している。呼吸はなかなか静まらなかった。こんなに走ったのは、いったい何年ぶりだろう。体中の抗議を受けながら、情けない思いでそう考えた。バス停のベンチで少し休もうかとも思ったが、バスが近づいて来るのを見て、中止した。乗客と間違えられるのも面倒だった。

そのとき、反対車線にも同じようにしてバスが到着しようとしているのに気づいた。そしてわたしの眼はほぼ同時に、向かい側のベンチから立ち上がる人影を認めていた。

「あさこー！」

声にならない声で、わたしは叫んでいた。

その瞬間、人影がびくりとしたようにも思ったが、やってきたバスに遮られて何も見えなくなってしまった。一番近い信号を目掛け、ふたたび必死で走った。うまい具合にちょうど青だ。そう思った途端、信号は点滅を始めた。わたしがたどり着いたときには赤になっていたが、構うものかと飛び込んだ。一台のタクシーから盛大にクラクションを鳴らされたようだったが、ほとんど聞こえもしなかった。

横断歩道を渡りきったとき、すぐ傍らをさきほどのバスが通りすぎて行った。そして停留所には、今のバスに乗りそびれた客が、ぽつんとたたずんでいた。

わたしはゆっくりと近づいていった。相手がこちらをじっと見ているのが、遠くからでも分かった。二人の間にぴんと張った糸があるみたいに、わたしたちは互いの顔を呆然と見合わせていた。

ありがとうと言わなければ。そして謝らなければ。

それればかり考えていた。どれほどお礼を言っても、言い尽くせない。どれほど謝っても、気が済まない。なのに、いざ麻子の目の前に立つと、真っ先に出てきたのは涙だった。塩辛い液体が頬を伝い、唇に達したとき、わたしはそっと口を開いた。

「麻子……あり、が……」

かすれたようなおかしな声だった。何ヵ月もの間、原初の海の中に封じ込められていた声。今、海にぽっかりと浮かんだあぶくのように、体の深い水底から声が浮き上がっているみたいだった。奇妙な感覚だった。わたしってこんな声だったのかしら？　それとも本当はもっと、違う声だったのかしら？

それさえも、忘れかけていた。わたしは懸命に唇を動かし、喉を震わせた。

麻子、麻子、ごめんね。忘れてしまって、ごめん。消してしまって、ごめんなさい……。

感情ばかりが先走って、喉に何か大きな固まりがつかえたみたいだった。ただ頭のなかを、言葉がぐるぐると走り回るばかりで、声にならない。早くしなければ。次のバスが来てしまう。

麻子は驚いたように、眼を見開いている。

「あさ、こ……」大丈夫、ちゃんとしゃべれる。わたしは大きく息を吸い、それからしぼりだすように言った。

「かんにん。かんにんなあ……」

それが、言いたいことのすべてだった。

(ごめんなんて言われたら、どきっとするわ。かんにんなあ、でええねん)

十七歳のわたしたち。白い花のように茫洋《ぼうよう》とした記憶。いったいどういう状況のもとで、麻子はその台詞《せりふ》を口にしたのだったろう?

大きく眼を見開いた麻子の顔に、淡い泣き笑いの色が一瞬、揺らいで消えた。

彼女はこの上なく優しく微笑みながら、低いささやくような声で言った。

「――ええねん」

化石の樹

1

古い、石の話をしよう。

かつて、生きていたことのある石の話。


確かに、ぼくは少し風変わりな子供だった。

せっかく連れていってもらったデパートや博物館で、きらびやかな売り物や展示物にはそっぽを向いて、いつも壁ばかり見ていた。だから両親やまわりの人達が、始終ぼくのことをおかしな子だと言っていたのは、まったく無理もないことだ。だからといって、ぼくがそう呼ばれることに納得していたわけじゃないんだが。

実際、壁をじっと眺めているのは、ずいぶん面白かった。

最初はつやつやとした光沢や、波うつような美しい縞《しま》模様に不思議と心惹《こころひ》かれた。あの冷たい感触も好きで、ときにそっと手のひらや額を押しつけてみたりした。ガラス窓とはまた違った、冷やかな温度がそこにあった。

ある日、大理石と呼ばれるその石の中に、奇妙な渦巻き模様を発見した。

壁のなかに、でっかいかたつむりがいる。

思わずそう叫んでいた。傍らにいた兄が、馬鹿だなあと言いたげに肩をすくめ、かたつむりじゃない、これはアンモナイトなのだと教えてくれた。

そっと触れたその部分は、あくまですべすべとして固く、冷たかった。こんなものが遠い昔、生きて動いていたなどということは、にわかには信じがたいことだった。兄は半信半疑のぼくを書籍売り場に連れていき、一冊のカラー図鑑を開いてこれがアンモナイトだよと指さした。その図版には他にも、奇妙奇天烈《きてれつ》な太古の生物達の姿があった。菊の花のように見えるサンゴの化石から、オウムガイに三葉虫、そして始祖鳥に恐竜。ときに美しく、またときにこの上なく妖《あや》しく、そしてひたすら奇想天外な生き物達。

こいつらが気も遠くなるような時間を経て、今、石のなかに閉じ込められてじっと動かずにいる……。こんな不思議なことが、現実にあるのだろうか？

その瞬間、石の壁は確かにぼくを捕らえ、虜《とりこ》にした。遥《はる》かな時を眠りつづけるアンモナイトと同じように。そして長い間放そうとはしなかった。

何年かして、広い道路に面した古ぼけた家が、数軒まとめて取り壊されるということがあった。パワーショベルだのなんだので、力まかせに古い建物を取り壊すのは、なかなか迫力のある見物だったし、廃材がトラックで運び出され、すっからかんになった空き地を見たときには子供心になにがしかの感慨もあった。だが、高い金属製の塀でぐるりと囲まれ、杭《くい》を打ち込む音だの、溶接の音だのが聞こえてくるばかりになると、とたんに興味を失っていた。そしてそこに何が建っていたのかも忘れたころ、ぴかぴか光るガラス張りの近代的なビルがふいに完成した。この建物自体はぼくに何の感銘も与えなかった。だけど最後の仕上げとばかりに正面の空間に据えられたものが、ぼくの眼にはちょっと洒落《しゃれ》ていた。

それは、一抱えほどもあるくすんだ色の石だった。台座に打ち込まれたアルミのプレートには、丸みをおびた書体で『木の化石』とだけ彫ってあった。

このシンプルな説明は、ずいぶんぼくの気に入った。もしこれがいついつどこそこで発見された何万年だか何億年前だかの、何とかいう裸子植物の化石云々《うんぬん》なんて文章が長々と続いていたら、さぞかし興ざめしたことだろう。大事なのはそれが木の化石であるということ。そしておそらくは、相当な大木であったろうということ。

いちばん大切なことってのは、たいていの場合、ごく単純な言葉に還元される。

木の化石——こんな短い言葉のなかに、数万年に及ぶ時の流れが凝縮されている。石化してしまった時間そのものの名だ。

もちろん、小学生だったぼくが、そんなことをいちいち考えていたわけじゃない。ただ、漠然とだが、こいつはすごいぞと思った。なんとなくわくわくした。そして学校に通う道すがら、かつて壁の中の化石に触れたのと同じ手のひらで、この木の化石にそっと触るのが、ぼくの日課になった。そしてときどきは、大昔、それが大きな木だったころのことを考えてみたりした。

かつて力強く水を吸い上げ、陽光をいっぱいに浴びていたであろう巨大な樹木。今にして思えば、コンクリートやアスファルトの森の中で想像するには少し皮肉で、そして大いに慰められる光景だった。

だが一度だけ、この石の前を通りながら、とうとう触れることができなかったことがある。少し肌寒いと感じた夕暮れだった。

一人の女の子が、石のそばに立っていた。小学校には上がっているだろうが、ぼくよりずいぶん小さく見えた。白っぽい薄手のカーディガンと、短いチェック柄のスカートを着ている。むき出しになった両足は、まるで蜘蛛《くも》かなにかの脚みたいにみっともなく痩《や》せていた。

ぼくは馬鹿みたいに、ぽかんと口を開けた。その子のやっていることが、あんまり奇妙だったからだ。

たとえその場を行き過ぎていった人間が何千人、何万人いようと、ぼくくらいこの石の本当の価値を分かっている人間は絶対にいない。そういう、根拠のない自信が当時のぼくにはあった。事実、大多数の人はこの石に見向きもしなかった。そんな石があることさえ、知らなかったかもしれない。こんなすごい宝物を平気で見過ごしている人達を、ぼくは内心で大いに軽蔑《けいべつ》していた。

ところがその女の子を見た途端、自分のなかにあった妙な優越感が、音をたてて崩れるのを感じたのだ。

その子はまるで壊れ物に触れるように優しく、『木の化石』を両の手で抱いていたのだ。その様子にはどこかしら、卵を温める母鳥の姿を思わせるものがあった。

何か訳の分からない感情が、ぼくの背骨を伝って駆けていった。

〈敬虔《けいけん》〉だとか〈おごそか〉だとかいう言葉を習うまでには、まだまだ勉強をしなければならないぼくだった。

たっぷり十秒ほどもぼんやり眺めてから、はっとした。こんな子供に、それも女の子なんかに見とれるなんて、男としての沽券《こけん》にかかわる行為だと思った。

「おまえ、そんなとこで、なにやってんだよ」

悔しさ半分、虚勢半分、ことさらにとがめ立てるような口調でぼくは言っていた。

女の子はそのとき初めてぼくの存在に気づいたみたいだったが、別に恐れ入ったふうでもなく、つんと顎《あご》をそらしてこう言った。

「なによ、この石、あんたの？」

そうだ、と胸をはって答えられないのは、まったく無念だった。ぼくが曖昧《あいまい》に首を振ると、少女は、じゃあ関係ないでしょと言わんばかりに肩をすくめ、石のほうに向き直ってしまった。

完璧《かんぺき》に無視された形のぼくは、なおも未練たらしく突っ立ったまま、少女と石とを交互に眺めていた。

突然、少女がくすりと笑った。

「この石、あんたのことが好きだって」

なんだこの子は？　ちょっとおかしいんじゃないのか？

正直言って少々薄気味悪くなっていた。だが、なんとしても自分が優位に立つのだという、意地みたいなものがあった。

「なに言ってやがるんだよ、おまえ」

乱暴な言葉づかいはもちろんわざとだ。だが相手は一向に怯《ひる》まなかった。

「だってそう言ったんだもん」

「誰が」

「この木が」

少女は確かに今度は〈木〉と言った。〈石〉ではなく。ではプレートの意味がちゃんと分かっているのだ。

こんなに小さいくせして、生意気なやつ……。

まずそう思った。間が抜けた話だが、相手の言葉の意味に気づいたのは、少女が大真面目《おおまじめ》な口調でこう付け加えてからだった。

「今ね、この木とお話ししているの。だからもう、あっち行って」

2

それから十何年か経《た》った。

むやみと暑い夏だった。

まったく、その夏の暑さときたら最悪だった。ただ、不快なばかりの夏だった。地面をまんべんなく覆いつくしたアスファルトやコンクリートが、ぎらぎらした直射日光を貪欲《どんよく》に吸収し、真っ赤におこった石炭みたいな熱帯夜を作りだす。ヒートアイランドなんて言葉が、よく新聞に載っていた。文字通り、都会はオーバーヒート状態だ。とにかくみんな、暑さにかっかきていた。セミは真夜中まで鳴いているし、寒暖計の水銀は上がりっぱなし。午前八時には早くも三十度を記録していたっけ。冗談じゃないって思ったね。地球のサーモスタットは抜群によくできていたはずなのに、いったいこれはどうしたことだろう？　人間があんまり地球を乱暴に扱うものだから、そろそろガタがきはじめているのかもしれない。ぞっとしない話だけどね。

ここのところ毎年、不思議に思う。

子供の頃に毎年訪れていた夏は、今とはまるで別物だった。もっとずっとわくわくするようなシーズンだったはずだし、長い休みはとびきりのプレゼントだった。ぼくらが『夏休みの敵』と名づけた宿題帳の存在ですら、輝かしい日々にほんのわずか影を落とすに過ぎなかった。そう言えば、子供の頃に学校の先生にうるさく言われたっけ。〈夏休みの宿題は涼しい午前中のうちにやってしまいましょう〉ってさ。今の子供たちも、やっぱり同じことを言われているんだろうか。だとしたらそれはずいぶん理不尽なことだ。少なくともその年の夏に関して言えば、涼しい午前中なんてものはきっぱり存在していなかった。暴力的な熱の放射によって沸騰した外気と、エアコンをフル回転させた結果の不自然な冷気。あるのはそれだけだったものな。

エアコンの吐き出す、カビ臭くよどんだ空気はどうも苦手だ。スーパーの保冷ケースに並べられた、野菜や魚の気持ちが理解できるような気になってくる。だけどあの夏ばかりは、そんなことも言っていられなかった。クーラーのきいた建物が、さんざん砂漠をさまよった後のオアシスみたいに思えた。

文明の利器とはなんとありがたいものかと思ったね。たとえそれが、世界が平和だったら絶対に入りたくはない、核シェルターみたいなものだとしても。

昼間の暑さもさることながら、さらにこたえたのは熱帯夜の方だった。とにかく暑くて眠れない。ようやく眠りについても、眠りが浅いものだから、夢ばかり見ていた。そんなときに見るのはたいていは悪夢と相場が決まっている。自分がアイスキャンディみたいにべとべとと溶けていく、そんな夢をよく見たな。

寝苦しい夜が続き、一日一日の疲れは決して癒《いや》されることなく、ただ緩慢に堆積《たいせき》していった。深い疲労感と共に目覚めては、泥の詰まったビニール人形みたいになって眠る。毎日が、その繰り返しだった。


おや、きみは笑っているね。

たしかに、何かを物語るのに、天気だの気候だのの話を長々と続けるなんて、あまり気のきいたやり方じゃないかもしれない。それは認めるよ。大の男がだらだら汗を流している図なんてのは、たしかにぞっとしない光景だってこともね。

ぼくが言いたいのは、人間が生きて生活していれば、ある種のスイッチが切り換わることがあるってことだ。なにか、ごくささいなことをきっかけにして。

もちろん、自分じゃほとんど意識なんてしないだろう。だけどどんな選択にも、かならず何かしらきっかけはあるはずだ。それはテレビで見たどこか知らない国の映像かもしれないし、旅先で目にした取るに足らない風景かもしれないし、街角でふと耳にしたシンプルだけど胸を打つメロディかもしれない。

その程度で充分なんだ。たとえばその日の昼食をカレーにしようか、それともカツ丼《どん》にしようか、なんてレベルの選択なら。そういう小さなスイッチなら、誰だって一日に何百となく切り換えているはずだ。当人が自覚しているにせよ、していないにせよ。生きて、生活してさえいるのなら。

もちろんぼくにも幾度かそういうことがあった。

たとえばあの夏とかね。

あの夏に至るまでのぼくについて、いったいどういう言葉で説明したらいいんだろう。別にとりたてて言わなきゃならないことがあったわけじゃない。人生なんて立派な言葉が似合う代物じゃないことは、自分がいちばんよく知っている。

ごく普通の。ありきたりで。平々凡々な。

そうした形容詞を忌み嫌う人は多い。だけどぼくは、自分がごく普通の青年であり、その生い立ちもいたってありきたりで、平々凡々な日々を営んでいることを否定しない。だから、今からぼくのつまらない履歴だの、くだらない思い出話だのに、長々とつきあわせようなんて思ってやしないから、心配しなくていいんだよ。何もそんなに大真面目に否定しなくたっていいさ、ちゃんと顔に書いてある……。

あれ、怒らせてしまった？

怒っているみたいだね。

……先を続けてもいい？

悪かったよ。厭味《いやみ》な言い方だった。君がそんなに真面目に聞いてくれているなんて、思っていなかったもんだから……。

実際のところ、ぼく自身に関することで、本当に大事なことなんてたいしてないんだ。とにかくぼくには四つ違いの兄がいた。さっきも少し話したろう？　そう、ぼくにアンモナイトの名前を教えてくれた兄さ。別に過去形で言う必要はないな。今でもいたって元気で、彼のフィールドを実に精力的に泳ぎ回っちゃあ、日々確実に縄張りを拡《ひろ》げているんだから。ぼくに言わせりゃ、狐《きつね》と狸《たぬき》の化かし合いみたいな仕事だけど。ただ兄貴の偉いのは、それがしょせん狐と狸の騙《だま》し合いだってことをはなから分かってるってことだ。その上で、いつだって試合に勝ってきた。うんと小さな頃からそうだった。たぶんこれから先だって、ずっとそうなんだろう。何せぼくとちがって、ヘマだのミスだのって言葉とは、まったく縁のない人だから。

ぼくは決してこの人が嫌いじゃなかったと思うよ。心から尊敬だってできただろう。もし、自分の兄貴でさえなければね。

およそ世の中でいちばん迷惑な存在は何かって聞かれたら、昔のぼくなら即座にこう答えただろう。それは頭が良くて人当たりのいい兄貴だ、とね。特に出来の悪い、無愛想な弟にとってはなおさらだ、とも。

断っておくが、別にひがんでいるわけじゃないし、妙なコンプレックスを抱いているわけでもない。少なくとも今では、ね。

そう、今なら。今なら彼が法律上はともかく、生物学上は兄貴なんかじゃないことを知っている。

一度だけ、正面切って兄貴に不満をぶつけたことがあった。もちろん、八つ当たり以外の何物でもない。受験のプレッシャーだの、それにまあ、ありきたりだけれども失恋だとかが重なって、ちょっとむしゃくしゃしてた。言い訳にはならないけど。とにかくぼくはこんなふうに言ったんだ。

兄さんにぼくの気持ちなんか分かるわけがない。いつもいつも優秀な誰かさんと比較される弟の気持ちなんか、とかなんとか。

とんだ甘ったれ坊やだ。今なら自分でそうと認めることができるし、あの頃でさえ、実はちゃんと分かっていた。そして案の定、兄貴はぼくの言葉を一笑に付してしまった。

むっとしたのは一瞬だった。すぐに、彼の目が決して笑ってはいないことに気づいたんだ。涙が出るほど笑った後で、兄貴はどきりとするほど冷やかな口調でこう言い放った。

ああ、分からないね、分かってたまるか。お前こそ、俺《おれ》の気持ちが分かるのかよ、と。

兄貴が両親の本当の子供じゃないと知ったのは、それからまもなくのことだった。よくある話だ。長い間子供ができなかったうちの親は、悩んだ挙げ句、兄貴との養子縁組を決めた。詳しくは知らないが、ほとんど他人と言っていいくらい、遠い親戚《しんせき》の子供だったらしい。そしてこれもまたよく聞く話だが、その数年後にぼくが生まれた。

まあ、そういった事情だ。

ぼくは血のつながりなんてものを、さほど信用していない。現に兄と両親とはこの上なくうまくいっている。兄貴がすることはことごとく父や母を喜ばせ、ひきかえこのぼくときたらいつも彼らをがっかりさせる。問題は、そのうちそうした状況に慣れてしまったことだ。周囲の人間以上に、他の誰でもないぼく自身が。

ずいぶん楽な生き方と言えるかもしれない。期待のないところに失望はあり得ず、束縛も執着も確執もなかった。ぼくは最低限、自分の意向を伝えるだけでよかった。たいてい、それはさしたる反対もなくすんなり受け入れられた。ぼくはそれをいいことに、一人暮らしを始めることにした。高校を卒業した年のことだ。家を出れば何かが変わると思った。変えないといけないと思った。

実家から遠く離れた都会の大学で、来る日も来る日も講義を熱心に受けたかと言えば、もちろんそんなことはなく、もっぱらあれこれとアルバイトを渡り歩くことで日々を過ごしていた。

無為な時間だったとは思っていない。大勢の人に出会った。誰もが高速道路に乗ってひた走る車のように、自分の周囲を鋼鉄でよろいながら生きていた。目的を持って遠くを見据えて走っている奴《やつ》もいれば、ただ能天気にドライブを楽しんでいるだけの奴もたくさんいた。インターチェンジでさっさと一般道に降りていく奴。ドライブインで長々と休んでいる奴。たまには致命的な事故をおこす奴もいたっけ……。

そう、夏の話だった。

卒業して何年も経った今だって、学生のころとなにひとつ変わらない生活だ。少なくとも傍《はた》から見ている限りはね。たぶん、他の人からは無責任な自由ってやつをポケットに詰め込んで、勝手気儘《きまま》に生きているようにしか見えないだろう。

だけどぼくは自分で知っている。あの夏を境にして、ぼくのなかのなにかが大きく変わったのだ、と。

そう、スイッチが切り換えられたってわけだ。


ぼくのすぐかたわらを、車が何台も通りすぎていた。からからに乾いた砂ぼこりや、胸がむかつくような排気ガスが、白いTシャツの繊維や毛穴の奥にまでしみ通っていく。後から後からにじみ出る汗が、ぼくの体に薄汚い縞模様を幾筋もこしらえていた。

「おい、坊主」ひび割れたドラム缶みたいな声で、サカタさんが言った。「そこはもういい。あっちだ」

ぼくは無言でうなずき、ノズルのコックをひねった。足元の土はスポンジみたいにいくらでも水を吸い、しっとりと黒っぽく重たげだ。濡《ぬ》れた土の匂《にお》いが、鼻の奥をそっとくすぐった。それはなんだかひどく懐かしい匂いだった。子供の頃、遊び惚《ほう》けて夕立にあい、知らない家の軒先で雨宿りしたときにかいだ匂い……。

その雨が降らなくなって、もうずいぶんになる。

ぼくとサカタさんは〈なにがなんでもサツキを枯らさないように〉という使命のもとで働いていた。

当時のぼくのアルバイト先は、地域では中堅どころに位置する植木業者で、最初から一カ月だけの短期契約だった。仕事内容は〈植木の水やり〉という、この上なくシンプルなもので、なおかつ涼しげなところが気に入った。

ところが実際やってみると、これが大変だった。

生け垣に〈枯れ保証〉なんてものがあることを、ぼくはそのとき生まれて初めて知った。時計やウォークマンと同じように、植木も一年間は保証付きなのだという。植えたサツキが万一年内に枯れでもしようものなら、業者は責任を持って新しいサツキと取り替えなければならない。

しかし考えてみると、これはなかなか厳しいルールだ。時計やウォークマンと異なり、サツキは生きている。ヒヨコやウサギとも違うから、放置していれば二、三日で死んでしまうというようなことはないだろうが、それでも酷暑の中、雨が降らない日が何日も続けば、確実に枯死してしまうだろう。だからどの業者も真夏のある期間は、水やりに奔走することになる。

ぼくの受け持ちは、道路にそって蜿々《えんえん》と植えられたサツキだった。近所の家からちょっと水を分けてもらう、というわけにはいかないから、小型のタンクローリーを出動させたり、消防水利からくみ上げたりと、かなり大げさなことになる。水もただまけばいいというのじゃない。サツキをいためないようにやさしく、しかもたっぷりと。光の加減で虹《にじ》が見えることがある。見とれていると、「水を無駄にすんなよ、水だってタダじゃねえんだ」とサカタさんにたしなめられた。

タダじゃないから、たとえ公共の場所のためといえども公共の水道を使うことができない。ましてや個人宅の水など使わせてもらえるはずもない。そしてこの仕事には、日曜日もなければ休日もない。炎天下で一日でも水やりを怠れば、たちまちサツキはしおれてしまうだろう。

確かに楽な仕事じゃなかった。大量の水がほとばしるホースを支えるのはかなりな力がいる。始めたばかりの頃は、腕の筋肉がこわばって食事をするのも大儀だった。その上とにかく、暑かった。仕事は四時を回ってからの出勤だったけれど、四時だろうが五時だろうが、暑いものは暑かった。あまりの暑さに音を上げて、まるで象が鼻を使って水浴びするみたいにして、ホースを自分に向けたことがある。たちまち、サカタさんのげんこつが飛んできた。

「馬鹿、お前にやる水はない」

手加減をしてくれているのは分かっていたが、それでもかなりの痛さだった。

「痛《いて》えなあ」と文句を言うと、おまけのようにもう一発ぽかりとやられた。

まったくサカタさんくらい、人の頭をぽんぽん殴ってくれる人にはお目にかかったことがない。それでいて、殴った後で必ず「しまった」という顔をする。どうも口より先に手が出るタイプのようだ。

帰り道、サカタさんは残った水をその辺の貧弱な街路樹にやっていた。ぼくをちらりと見て、ちょっとだけバツの悪そうな顔をした。

「ついでだからな」

言い訳めいたことを口のなかでつぶやくのが、妙におかしかった。

たぶんサカタさんは、言葉というものをあまり信用していなかったのだろう。無愛想な上に口数は少なすぎるほどで、そのくせ彼の気持ちは不思議と伝わってきた。いつだって、よく働く頑丈な手のひらや、口許《くちもと》や目尻《めじり》に刻まれた深い皺《しわ》や、それにときにはげんこつが、彼の内心を実に雄弁に物語っていたからだ。

人のことを〈坊主〉なんて失敬な呼びかたをすることを別にすれば、ぼくはこの雇い主をおおむね気に入っていた。相手が自分をどう評価しているかなんてのは、ぼくにとって二の次だったが、きっと気に入られているに違いないという、根拠のない自信のようなものもあった。だから彼が急遽《きゅうきょ》入院したと聞いたとき、見舞いに行ってやろうなんて気になったのだ。

ぼくはこれでけっこう、義理堅い人間なんだよ。

しつけないことをするにあたっては、人に聞くのが一番と、別なバイト先で知り合った女友達に病院を訪問するにあたってのマナーについて教授を頼むと、「お見舞いに持っていくならやっぱり花か果物か……本なんかも気がきいてるかもね」という返事が返ってきた。見舞いの品などまるで念頭になかったぼくは少々あわて、とりあえず花は勘弁してもらうことにして、夏ミカンとミステリー小説とを持って出掛けることにした。

のこのこやってきたぼくを見たときの、サカタさんの顔ときたら。口をへの字にひん曲げ、屈辱の極みといった感じで一言こう言った。「なにしに来た、坊主」

人がわざわざ見舞いに訪れたというのに、なにしに来たとはまたご挨拶《あいさつ》である。むくれるぼくに、サカタさんはうめくように言った。

「誰も頼んどらんぞ」

よほど弱っているところを他人に見られたくなかったんだろう。

確かにそのときのサカタさんは、いつも威張りかえっているのが嘘《うそ》みたいにしょぼくれていた。歳《とし》はとっても体が頑丈なのが自慢で、臼《うす》でひいても死なないなどと自ら日頃吹聴《ふいちょう》していた手前、すっかり面目がない思いでいるらしい。

「見舞いなんて来なくて良かったんだ。こんなところ、二、三日で追ん出てやる」

と豪語していたサカタさんだったが、一週間後、ぼくがふたたび訪れたとき、彼はやはり同じ病室にいて、最初のときよりはわずかに友好的な迎え方をしてくれた。

「冷蔵庫の中に、スイカの切ったやつがある。自分で出して食え」

そう言ってから、言い訳のように付け加えた。「ついさっきまで、孫娘が来ててな」

「お孫さんなんていたんですか」

ぼくは必要以上に大声を上げた。血のつながり云々を抜きにしても、サカタさんの周りに女っ気なんて、それこそ煙ほども感じたことがなかったからだ。

「いちゃ悪いか。一人娘の子だよ」

相手はじろっとぼくをにらみつけた。

「そうするとその、お孫さんをお産みになったお母さんの、そのまたお母さんという方がいるわけですよね？」

「回りくどい聞き方をせんでもいい。女房はとっくの昔に死んだよ」

どうやら悪いことを聞いてしまったらしい。ぼくは黙って冷蔵庫からスイカを出して、丁寧にかけてあるラップをはがした。ちゃんと食べやすい大きさに切ってある。冷えていて、うまそうだ。

「塩もあるぞ」

サカタさんは冷蔵庫の上を顎でしゃくって見せた。ぼくは小さくうなずき、せっかくだからとスイカの上に食塩をふった。

ベッド脇《わき》にある物入れをごそごそと探っていたサカタさんは、タオルやなにかの下から一冊の単行本を捜し出した。

「忘れないうちに返しとくよ」

前回ぼくが持参した本である。こちらとしては見舞いの品のつもりだったわけだから、あわてて首を振った。

「別にいいですよ。重たいし」

「つべこべ言わないで持って帰れ」

勝手にぼくのデイパックを開けて、本を押し込んでしまった。よほどぼくに借りを作りたくないらしい。

「ミステリーが駄目なら、時代小説は？　こっちの方が年寄り受けするんじゃないかと思って」

ぼくが差し出した文庫本を、サカタさんはなんだか怪しむように受け取った。

「また人殺しの本か」

「あれ、前のやつも読んだんですか」

「俺だって字は読める」

ぎろりとにらまれた。

「面白かったですか？」

そう聞いたことには、まったく他意はない。実はその本を、ぼく自身は読んでいなかったのだ。いや、冒頭の部分は読んだのだが、その段階で犯人から動機からトリックにいたるまで、丁寧に解説してくれた友人がいたものだから、途端に読む気が失せた。ああいうやつとは早めに絶交しとく必要がある。

サカタさんはしばらく押し黙っていたが、やがてぽつりと答えた。

「本物は、あんなもんじゃないよ」

「なにがです？」

ぼくが尋ねると、ベッドに半身を起こしたまま、サカタさんはちょっと怖いような顔をした。

「人殺しってやつが、さ」

3

その夜、ぼくは巨大な樹木の根元を掘りつづける女の夢を見た。長い髪の女だ。子供が砂遊びに使うようなちゃちなスコップで、懸命に黒い土を引っ掻《か》いていた。女は辛抱強く、少しずつ、少しずつ同じところを掘り返し続けた。やがてなにか手応《てごた》えがあったのだろう、彼女はスコップを傍らに置き、白い手で直接土をかき出した。

（ほら、ね）女はゆっくりと振り向き、ぼくに向かって艶然《えんぜん》と微笑《ほほえ》んだ。（ちゃんとあったでしょう？）

女が大切そうに両手で抱えているのは、紛れもなく人間の頭蓋骨《ずがいこつ》だった……。

もちろんこれは、ただの夢の話だ。

サカタさんが話の枕《まくら》に、妙なことを言ったりしたせいだ。なんでも植木屋仲間に、人骨を見つけてしまった人がいるという。古い銀杏《いちょう》の木を移植する仕事を依頼されたときのことだ。一メートルほど掘ったところで頭蓋骨が出てきたものだから仰天した。警察を呼んだり、どこから嗅《か》ぎつけたのか新聞記者がやってくるやらで、一時はちょっとした騒ぎになったが、やがてその骨はずいぶんと古いものであることが分かった。何と死後百年近くも経過していたのだ。成人男性の骨格だということも分かったが、誰かに殺されて、そこに埋められたのだとしても、あまりにも時が経ちすぎている。犯人だってまず生きちゃいないだろう。発見された人骨は、無縁仏として供養されたということだ。

だが、いかに古いこととは言っても、遺体をそんなところに埋めたりするのは、やはり尋常なことではない。埋められた人間がいるからには、埋めた人間もいるのだろう。その男……あるいは女は、どんな事情があってそんなことをしたのだろうか……。

真相を知るのは、ただその銀杏の木だけだ。

そうだね、何だか薄気味悪い話だ。いくら昔のこととは言ってもね。サカタさんがこんな話をしたのも、ある物をぼくに手渡すための、まあ言ってみれば前口上みたいなものだったんだと思うよ。

ここに一冊の古いノートがある。何の変哲もない、ごくありふれたやつだ。ただ、一見して、ずいぶん古いものだと分かる。全体に黄ばんでいて、縁に近い部分など、しわがれたような茶色に染まっている。年月という名の茶色っぽい液体のなかに、ぽしゃんと放り込まれた結果だ。

しかしそのノートは、本来の目的を失うほどには古びていなかった。変色した紙に並んだ文字は、書き急いだような不安定なゆらめきはあったが、それでもその筆跡が持つ美しさを失ってはいない。万年筆で書かれたばかりのとき、その文字はくっきりとした濃紺だったのかもしれない。鮮やかなブルーだったかもしれない。今ではすっかりぼやけて茶色くなっている。でも、読み取れないほどではない。これを〈幸い〉と呼ぶべきなのかどうかはともかくとしてね。

ともあれ現物がここにあるのだから、ぼくがあれこれと口で説明するのは馬鹿げているな。ぼくはただ一言、こう言えば良かったんだ。

——さあ、読んで、と。

……なに？　ああ、そう。読みたくないのか。確かに汚いことは汚いけどね。うん、もちろん無理強いはしないよ。

それならぼくがその内容について、説明してもいいかい？　もし、きみが嫌じゃなければだけど。

これを書いたのは、女の人みたいだ。名前や年齢は分からないけれど、その点はわざと曖昧にした感がある。その理由はすぐに分かることだけどね。

ただ、内容に触れる前に、金木犀《きんもくせい》のことについて少し説明しておいた方がいいかもしれないね。

　そもそもサカタさんがこのノートを手に入れることになったのも、この木がきっかけだった。どこか遠方にある自然植物園からの依頼で、一本の木を治療することになった。推定樹齢七百年以上という、金木犀の老木だ。この種としては、全国でも相当な長命の部類に入るだろうとサカタさんは言っていた。文字通りの古株ってわけだ。

　しかしすごいね、七百年だってさ。そのころ人間が何をしていたか、考えてもごらんよ……何をしていたんだっけ？　たしか文永《ぶんえい》・弘安《こうあん》の役《えき》とかいって、元が攻めてきたのがだいたいそのころじゃなかったかな。元寇《げんこう》ってやつだ。中学のときに習った。そのカミカゼの世に始まって、時代の移り変わりと共に生まれて死んでいく人間たちの姿を、その木はつぶさに眺めてきたってことになる。さっきの銀杏の話じゃないけれど、もし植物が口をきけたら、きっとずいぶん面白い話を聞かせてくれるだろうな。鶴は千年、亀は万年なんて言うけれど、実際に千年もの時を生きることができる生物は、樹木をおいて他にはない。

　話を戻すと、問題の金木犀は単に古いだけじゃなく、遺伝学上から言ってもなかなか貴重な存在だった。普通、金木犀の花は濃いオレンジ色をしているだろう？　それがこの木に限っては、真っ白い花をつけるんだ。なんだそれは銀木犀だろうって？　たしかに銀木犀は金木犀とよく似ているし、白い花も咲かせる。だけどちょっと物を知っている人が見れば、両者の違いは一目瞭然《りょうぜん》なんだ。香りも金木犀の方がずっと強い。それに花だけをとってよく比べてみると、白い金木犀の方がわずかにクリーム色がかって見える。ちょうど生の栗《くり》の実の色を、さらに淡くしたような感じだ。

もし進化の過程である生物に突然変異が起こったとして、それが動物で、子孫にその遺伝子が受け継がれなければ、それは一代限りの変異に終わってしまうだろう。だけど何百年も生きることができる樹木であった場合……それも非常な幸運に恵まれればの話だけど、ともかくその貴重な生きたサンプルは現代にまで残されることになる。葉の上にギンナンがなる上《じょう》沢寺《たくじ》のオハツキイチョウや、この自然植物園の白い金木犀なんかがそうした奇樹のいい例だ。

その極めて貴重で珍しい金木犀が弱ってきているというので、知人を介してサカタさんは植物園の園長から相談を受けた。以前にある神社から、ほとんど枯死しかかった銀杏を何とかしてもらえないかと泣きつかれ、必死の〈治療〉の末、何とかご神木を蘇生《そせい》させたことがあった。その実績を見込まれたものらしい。

珍しい樹木への興味もあって、さっそく駆けつけてみると、なるほど立派な木だった。ざっと目測したところ、樹高は二十メートル近く、根元付近の幹回りは軽く三メートルはある。そしてやはり樹勢はかなり衰えていた。春だというのに、新芽のふきかたもなにやら頼りない。反対側に回ってみて、サカタさんは仰天した。根元付近にある直径八十センチほどのうろに、コンクリートがぎっしりと詰め込んであるのだ。

「乱暴なことをしやがる」

サカタさんのとがめる視線に、植物園の園長は慌てて首を振った。

「いや、うちでした処置じゃないですよ。運ばれてきたときにはもう、こういう状態でしたから……うろに雨水が溜《た》まって幹が腐っていくのを避けようとしたんでしょうがね」

「まあ、そういう哀れな木はよく見かけるがね。見当違いもいいとこだ。どてっ腹んなかにコンクリを詰め込まれて、ぴんしゃんしてろってのはどだい無理な話だろうよ」

樹木にうろができるのは、その木が年をとっていればいるほど、ある程度は止《や》むを得ないことだ。桜などは、己の身を喰《くら》って生長するなどともよく言われる。幹に巨大な穴ぼこを抱えて、それでも木が生きていけるのは、樹木の生命を維持するのに必要な器官が幹の周辺部分にあるからだ。それより内側の部分はどんどん木質化していき、やがて死細胞になるけれど、組織はより強固になる。樹木が上へ上へと生長して行くための、しっかりとした柱となる役目を負うわけだ。だからその樹木自身の重さを支えていられる限りは、木化した中心部分というのはさほど重要ではない。極端な話、無くてもその樹木自体の生存には差し支えない。

そう言えば、巨大なセコイアの幹がトンネル状にくりぬかれ、そのなかを自動車が通り抜けている写真を見たことがある。セコイアは別名巨人木とも呼ばれていて、樹高百メートルなんて化け物もある。当然樹齢も長く、なかには三千年も生きている木がある。この日本にも、昔はセコイアが生えていたらしい。現在残っているのが化石や埋もれ木ばかりなのは、ずいぶん残念なことだ。きみもそう思わないかい？

え？　ああ、ごめん、ごめん。悪い癖だよな。この手の話になるとつい……。もう脱線はしないよ。約束するってば。

話を金木犀に戻すと、サカタさんはまず、うろに詰め込まれたコンクリをかきだしにかかった。コンクリには細かい亀裂《きれつ》がたくさん入り、もろくなっていたから、想像していたほどには大変な作業ではなかったそうだ。おそらくもともと雑な仕事だったことに加え、しみ通った雨水が冬の間に凍結したりして、少しずつひび割れを大きくしていったのだろう。

半分ほどかきだしたとき、サカタさんはそこに妙な物が埋まっていることに気づいた。何やらビニールの切れ端が顔を覗《のぞ》かせている。もう少し掘り進めると、それは厳重に梱包《こんぽう》された何か平べったい包みであることが分かった。

（何だ、これは？）

そう思ったものの、サカタさんの優先順位はいかなるときでも弱った樹木が第一だ。一日がかりで残りのコンクリをそっくりかきだすと、ふたたびがらんどうになったうろがぽっかりと口を開けていた。

中は思っていたよりも大きかった。風俗資料館なんかで再現されている、農家の大きなかまどを想像してもらえばいい。サカタさんはごく小柄な老人だったから、根を踏み台にしてさっそくうろの中にもぐり込み、腐ってぶよぶよした幹の内部に触れてみた。やはりシロアリにやられている。おそらくヤマトシロアリだろう。だがまだ被害はさほどではなく、今ならまだ木を傷めずにすっかり駆除できそうだった。

「発見が早くて助かった」

サカタさんは一人つぶやき、取り敢《あ》えず腐食した部分をかきだしにかかった。足元の部分に差しかかったとき、移植ごての先端に何かが触れた。指でほじくりだすと、直径七、八センチほどのピンク色をしたプラスチックの輪が出てきた。三連になっていて、二箇所をビーズを通した針金でとめてある。女性の装身具などにはまるでうといサカタさんだったが、彼にもそれが腕輪であることくらいは分かった。もっともいかにもちゃちな代物だったから、子供の玩具《おもちゃ》の類《たぐい》であることは間違いない。

首をかしげつつもサカタさんは作業を再開した。すると十秒もしないうちに、別な物を発掘した。凝ったデザインの、小さなガラス瓶である。蓋《ふた》を取ると、ごくかすかな甘い香りが、ふっと漂い、瞬《また》く間に消えた。香水瓶だったのかもしれない。

三番目の品物はサカタさんにも覚えのある物だった。プラスチックでできたうす青い半透明の筒に、白い錠剤のような物が数粒納まっている。ラムネと呼ばれる炭酸菓子だ。

そんなふうにして、次々に色んな物が出てきた。七色のおはじきにビー玉、プラスチックのこま、時計のぜんまいらしき部品、銀行で配っているような動物の形をした貯金箱……。石ころもたくさんあった。飾りボタンが幾つかに、外国のコインが数枚。それに、何がなんだか分からない物がどっさり。腐ってしまって原型をとどめていなくても、確かにそこに何かがあったという痕跡《こんせき》だけを残している物たち……。何かが印刷された紙切れや、布切れの残骸《ざんがい》だ。たぶんそれは、きれいな絵はがきだったり千代紙だったり、小さなぬいぐるみだったり色とりどりのリボンだったりしたんだろう。

どうして分かるのかって？　だってそれは子供が……それも小さな女の子が集めて大切にしそうなものだからだ。

サカタさんも、そのうろがどこかの子供のおもちゃ箱だったか、でなきゃ宝物の隠し場所だったことがすぐに分かった。そんなこととも知らないで、大人どもときたらコンクリなんか流し込んでしまったんだ。

サカタさんはその子供のことが、すっかり気の毒になってしまった。いったいどこの誰なんだろう？　さぞかし哀《かな》しかったことだろうな……。

そのときになってやっと、さっき地面に放り出した包みのことを思い出した。あれもやっぱり、その子の物だったんだろうか。

だがそれにしてはいかにも念の入った梱包ぶりだった。ビニール袋は二重になっており、いちいち防水テープで丁寧に封がしてある。これはどう見ても大人の仕事だ。中身はさらに油紙で幾重にもくるんであった。それらをすべて引き剝《は》がすと、中から一冊の薄っぺらいノートが出てきた。

そう、今ここにあるノートがそれだ。

サカタさんがこのノートを手にしたときには、周囲はすでに薄暗くなっていた。金木犀の治療は翌日回しにすることにし、彼は道具を片付け、ノートを小わきに抱えて園長室に向かった。

「あの金木犀……」部屋に入るなり、植物園の園長に切り出した。「さっき〈運ばれてきた〉って言ってましたけど、いったいどこにあった木なんでしょうかね」

「さあ、どこだったっけなあ……」

挨拶もせずに飛び込んできたサカタさんに面食らいながら、園長は首を傾《かし》げた。「あの木に限らず、園内の樹木類はあちこちから集めてきたからなあ……どこか南の方だったと思いますけどね。あれは暖かい地方の木だから。あそこまで育つには、よほど気候に恵まれないとねえ。そうそう、何でも誰かが買った土地にあの木があって、伐《き》る伐らないで住民とずいぶんもめたそうですよ。ちょうどオープン準備をすすめていたところに打診がありましてね、そんなに貴重な樹木ならうちとしてももちろん大歓迎ですから、お引受けしたんですが……いやはや、大変でしたよ。何せあれだけの木でしょう？　伸びた根の先端を切ったり、枝を切り詰めたりしてですね、最初はヘリコプターを使うという案もあったんですが、金がかかりすぎる上に根が乾燥するから駄目だっていうんで、結局大型トレーラーだのクレーン車だのが出動する大騒ぎになりましてねえ」

「よくもまあ、あれだけの木を動かそうなんてたいそうなことを思いつくもんだ」

吐き捨てるようにそうつぶやいたサカタさんの思いを知ってか知らずか、相手も深々と息を吐いた。

「まったくたいそうなことでしたよ。ヘリをやめたとは言え、輸送費も馬鹿にならない金額でしたしね」

大枚をはたいて運んだ木だから、余計に枯らすことはできないというわけだ。

植物園がオープンしたのは、その時点から十年以上も前のことだった。だから、サカタさんが金木犀の出自を知ろうとした動機は子供の宝物のためではない。その子供が誰であるにしても、もうとっくに宝物が必要な年齢ではなくなっているだろう。だからその子のことはまあいい。

やはり気になるのは、ノートの方だ。

どうしてよりによってあんなところに、ノートは隠されていたのだろう？

サカタさんの好奇心は、滅多に発揮されないが、ひとたびうずきだすとけっこうしつこい。

これは話を聞きながら、茶化してぼくが言ったことだけど。

とにかく園長にはそしらぬ顔をして、サカタさんはノートをそのまま持って帰ってしまった。

さて、いよいよその内容だけど……。

あれ？　やっぱり自分で読みたくなった？

そうだね、その方がいいかもしれない。ぼくの下手くそな説明よりは、ずっといい。

それじゃあ、紙がもろくなっているから気をつけて。

――さあ、どうぞ。

4

五月に入ったばかりのことだったと記憶しています。ようやく最後の一人が寝ついてくれたことにほっとしながら、それでもまだ低い声で子守歌を歌っていました。ほんの少し前まで、さんざんむずかっていた子も、両の手で布団の端を握りしめながら、この上なく平和そうな顔をして、すやすやと寝息を立てています。

いつもは明るいパステルカラーに彩られた遊戯室も、このお昼寝の時間ばかりは心地よいほの暗さに満たされています。窓から吹き込んでくる風はうっとりするほど優しく、髪や頰《ほお》や首筋をそっとなでていってくれます。

そのうちわたしはそっと立ち上がりました。締め切ったカーテンが風で舞い上がるたび、窓際に寝ている園児の顔にちらちらと光が踊ることに気づいたのです。目が覚めてしまうかもしれない。そう思い、窓を少し閉めようとしました。

あの子を見たのは、そのときでした。

建物の裏手には、一本の金木犀の木が生えていました。近在の人たちからも愛されている古い木で、秋にはそれは良い香りの花が咲きます。真下に立って空を見上げると、木漏れ日がまるで満天の星のように見えます。

少女はその天然のプラネタリウムの中央に立っていました。白い帽子をふわりとかぶり、両の手のひらと頬は、ぴったりと幹に押しつけられ、花びらのようなまぶたは、夢見るように薄く閉じられていました。

ずいぶん長い間、少女の姿に見入っていたような気がしましたが、実際はほんの数秒だったのでしょう。見覚えのない子供でした。あきらかに、わたしたちがお預かりしているうちの一人ではありませんでした。年齢は二、三歳くらいに見えます。貧弱なほどに華奢《きゃしゃ》で、顔色は不健康に青白く、頬だけが熱をもったように上気していました。

自分を見つめる大人の存在に気づいたのでしょうか？　少女はスローモーションのような動きで首を巡らし、大きく瞬《まばた》きをしました。

とっさにわたしは片手を上げて、無意味に微笑んだように思います。少女は何か不思議な物でも見るように、小首を傾げてわたしを眺めていました。

思えばそれが、その子との最初の出会いでした。

「何を見ているの？」

ふいに背後からそう声をかけてきたのは、遅い昼食を終えて戻ってきた仲間の保母でした。わたしなどよりはよほどキャリアも長く、ぐずる子のあやし方や、子供の寝かしつけ方の巧みさなどは、まるで魔法使いのような鮮やかさです。

「ううん、別に」

そう答えて、もう一度窓の外に視線を転じると、すでに木の下の少女はいなくなっていました。

「さ、あなたも早くお食事をしてきたら？」

彼女にそう言われ、わたしは遊戯室を後にしましたが、さきほどの子供のことが無性に気になりました。そこで庭に出て、様子を見てみようと思い立ちました。

建物の中には、静寂が空気のように満ちていました。子供たちだけでなく家そのものが、昼下がりのまどろみに身をゆだねているようです。

足を踏み出すごとに、床がキィキィと鳴りました。

どんなに静かに歩いても、古い木の床はかすかにきしみます。その音を聞くたびに、わたしは遠い記憶の底に沈んでいた物音を思い出します。

（ほうら、よく耳をすましていなさい）若い母の声が言います。鍋《なべ》いっぱいに沸いたお湯が、くつくつとリズミカルな音を立てています。そこに、二人してせっせと袴《はかま》を取ったツクシを、えいっという掛け声と共に放り込みます。その瞬間、（きゃ）だとか（きゅん）だとかいう感じの、ごくかすかな音が聞こえてきます。

（ほうら、つくしんぼが泣いている）

（泣いてるの？　つくしんぼ、泣いてるの？）

幼いわたしの言葉に、母は軽やかに笑ってこう訂正します。

（ううん、違った。笑っているのよ）

遠い春の日の、暖かな記憶……。

そして例えば六月の小雨の日、道端に捨てられていた子猫の、哀れっぽい小さな鳴き声。

（わたしを拾って）

（乾いた暖かいところに連れていって）

（お母さんに会いたい）

（ミルクを飲ませて）

子猫が懸命にそう訴えているように聞こえてならなかった、あの声。

結局連れて帰って、ずいぶん叱《しか》られました。でもそれからの十年間、あの猫はうちにいました。あの子を拾ってきたのと同じような小雨の日、車に轢《ひ》かれて、死んでしまうまで。

そしてまた、例えば小学六年の夏、両親の念願叶《かな》って引っ越したマイホーム。中古だったし狭かったけど、でも立派に一戸建てで、ついでに二階建てだった。あの家の階段。三段目は、いつもきしんだ……。ちょうど、この板張りの廊下にそっくりな音を立てて。

そしてまた……本当にきりがありません。

この建物のなかにいると、そうした記憶の連想が働くことが少なくないのです。いつだったか、保母仲間の一人もそんなことを言っていました。ここは昔、実際に人が住んでいた洋館を改築して保育園にしたそうです。何しろとても古い建物でしたから、そこかしこにかつて住んでいた人たちの面影が見え隠れしています――キッチンの床に広がった大きな染みだとか、艶《つや》を帯びてすり減った階段の手すりだとか、幾度も幾度もペンキを塗り替えたであろう、真っ白い外壁だとかに。それが人の思い出と共鳴しあって、さまざまな連想を呼んでいるのかもしれません。

古い家は何かしら、どきどきするような秘密を抱えているものです。二階建てのこの建物は改装され、一階を子供たちのための部屋とし、二階部分は園長先生自身の住居となっていましたが、実は二階にはさらに上に続く階段がありました。普段は鍵《かぎ》のかかったドアの向こうに隠されていましたけれども。ここは三階と言うよりは、屋根裏部屋に近い空間でした。急勾配《きゅうこうばい》の屋根の途中に張り出し窓がついた恰好《かっこう》で、例の金木犀が手の届きそうなほど近くにあります。

もし、わたしが少女の頃にこんな魅力的な空間が側《そば》にあったなら。どれほど楽しい夢想のうちに、日々を送ることができたことでしょう。

多くの子供たちを同じ屋根の下に抱えている現在、〈危険きわまりない〉という理由でこの部屋が閉じられているのは、仕方のないことなのでしょうが、とても残念に思われてなりません。

どうやら話がそれてしまったようです。核心に触れることを、無意識のうちに厭《いと》っているのかもしれません。

とにかくわたしは予感ということを信じます。少女を初めて眼にしたときの心のざわめきを、まざまざと思い出すことができます。なぜあのとき、いても立ってもいられなくなり、窓から見えたあの子を探そうと思い立ったのか……。

廊下は白々と淡い、トンネルのようでした。

窓から差し込んでくる陽光は、すべてが新しい緑を抜けた、数百数千もの木漏れ日となって、年月にすり減った床板いちめんにあふれかえっていました。それはあの金木犀の木に咲く花を思わせて、白く、小さく、ふんだんで……ふと、かすかな花の香りをかいだ気さえしてくるのです。

花の予感は――甘く香る花の予感は、すでに新緑の頃からひっそりとそこにひそんでいるのかもしれません。

ホールを改装して作った沓脱《くつぬ》ぎで、上履きから運動靴に履き替え、わたしはそっと表に出てみました。外観に相応《ふさわ》しい重厚なドアで、いつもは開け放してあるのですが、お昼寝の時間ばかりはこうして閉ざされています。

（さっきの子はどこに行ってしまったのかしら？）

そう考えながらドアを開けた途端、「おっと」という声が聞こえ、どきりとしました。見知らぬ男の人の顔が、目と鼻の先にありました。彼もちょうどドアを開けようとしていたところらしいのです。

ほとんど口もきけないほど驚いているわたしに、相手は一瞬困ったような顔をし、それからぎこちなく微笑んで言いました。

「あの……ここの保母さんでいらっしゃいますか？」

かろうじてうなずいたとき、相手の背後、それも腰のあたりから、小さな顔がそっとのぞき、次の瞬間にはさっと引っ込んでしまいました。

あの子でした。

「この子のことでご相談したいことがありまして……」

青年が――彼はずいぶんと若く見えました――振り返ろうとすると、少女はまるで彼の視線から逃げるようにして、反対側に回り込みました。結果としてわたしの目の前に来たわけですが、青年が少女の肩に手を置こうとすると、それをまた避けるように、すっとしゃがみこんでしまいました。そして下からすくい上げるようにわたしを見つめたあと、ふと視線を落とし、うつむいてしまいました。どうやらかなり人見知りをする子のようです。

ポーチの上を、一匹の蟻《あり》がせかせかと横切って行く間、息苦しい沈黙が続きました。

「園長先生にはあらかじめ、お電話を差し上げています」ようやく相手は口を開きました。

「この時間に来るようにとのことでしたので。少し、遅れてしまいましたが」

あらかじめ何度も練習した芝居のセリフみたいに、青年は一息にそれだけ言い、ほっと息をつきました。

「ああ、そうでしたか」

事態を諒解《りょうかい》し、けれど青年と少女との関係を測りかね、わたしは曖昧な笑みを浮かべました。

「どうぞ、こちらです」

言葉少なに案内しながら、盗み見るように青年と少女とを観察してみました。

少女の父親としては、青年はあまりにも若く、そしてあまりにも世馴《よな》れていないように見えたのです。そしてまた、少女が青年に少しもなついていないらしいのは、奇妙なことでした。

「ふたつか、みっつくらい……ですか?」

先に階段を上る少女を、手を添えて助けながらわたしは尋ねました。

ふだん、この階段を子供たちが上ることは滅多にありません。すべて一階で用が足りるようになっていました。だから階段の上り口には、簡単な錠をつけた柵がもうけてあります。その柵の開閉を不思議そうに見ていた青年が、慌てたように向き直りました。

「みっつ……ああ、歳のことですね。ええ、三歳です。やっぱり年齢のわりには小さいですか？」

そう尋ね返した口調には、少しも案じているふうがなく、ああ、やはりこの人が父親ではないのだなと思いました。

「そんなことはありませんよ。個人差もありますしね」

「そうですか」

青年はうなずき、それきり会話が途切れてしまいました。

子供の歩調に合わせていると、園長室までがずいぶん遠く感じられます。じれったくなったのか、青年はふいに少女をひょいと抱き上げました。その途端、少女が絞め殺されそうな悲鳴を上げました。

「びっくりさせちゃったかな」

少女を踊り場に下ろしながら、青年の方が驚いたように見えました。「どうもこの子には嫌われているみたいです」

その拗《す》ねたような口調は、まるで少年のようでした。

「このくらいの歳の子はみんな、お父さん以外の男の人は怖がるものですよ」

「そうかもしれませんけど、なんか傷つきますよね」

思わず小さく笑ってしまいました。感情がストレートだけれど、決して厭味でも厚かましくもない。一見して服装や髪形には無頓着《むとんじゃく》とわかる恰好をしていましたが、どことなく品のよさが感じられます。彼が何者であるにせよ、とにかく悪い人ではないらしい――そう思いました。

園長先生の部屋に青年と少女を通し、退室しようと一礼したとき、園長先生が笑いながらおっしゃいました。

「あなたもここにいてちょうだい。どうやらその子に気に入られたようだから」

見ると、わたしのスカートの布を、小さな手がしっかり握りしめているではありませんか。

金木犀の葉のざわめきが、窓越しに聞こえていました。

少女をソファに座らせ、わたしはお茶の支度にかかりました。

「入園を希望なさっているのは、そのお子さんですね」

背後から、園長先生の声が聞こえてきます。

「お電話だと、何かご事情がおありとか？」

それに対する返事は、言葉でなされたものではありませんでした。茶托《ちゃたく》と茶碗《ちゃわん》を盆に載せて振り向いたわたしの眼に、いきなりそれは飛び込んできました。少女の片袖《かたそで》は肩口までめくられ、痩せこけた二の腕がむきだしになっていました。青年は少女の腕に軽く手を添え、いちばんやわらかな内側の部分が見えるようにしています。

わたしはその場に立ちすくみ、思わず小さな叫び声を上げてしまいました。青年がちらりとわたしを見て、少女の服をさっと元通りにしました。けれどわたしが見たものは、残像となってしばらく網膜に焼きついていました。

少女の細く青白い腕には、十円硬貨大の青黒い痣《あざ》が二つ、まるで蝶々《ちょうちょう》の羽みたいに並んでいたのです。その上それぞれの痣の真ん中辺りには、長さ一センチほどの細長いかさぶたがありました。

それが決して、どこかにぶつけたりしてこしらえた類の痣ではあり得ないことは、一見して明らかです。何かの弾みでそんなふうになってしまうことは、とうていあり得ない——爪《つめ》を立てながら、思い切りつねり上げでもしないかぎりは。

胸の悪くなるような沈黙が、しばらく続きました。

「この子には聞かせたくない話なんですが」

やがて青年がそう切り出すと、園長先生は心得顔にうなずき、わたしを振り向きました。

「この子を連れて、表で遊ばせてやってちょうだい」

少女を伴って部屋を出たとき、ドア越しに園長先生の厳しい声がかすかに聞こえてきました。

「……母親、ですか？」

控えめに肯定する青年の声を背中に受けながら、わたしは幼い少女を抱くようにして、急いで木の階段を降りて行きました。

だから詳しい事情を聞いたのは、少し後の話になります。

少女は青年が勤めている園芸センターの、センター長の孫娘でした。少女の母親はセンター長の一人娘にあたります。彼女はつい数ヵ月前に離婚して、実家に戻っていました。少女の祖母はもうとうに亡く、いきおい祖父が働いている間、少女は母親と二人きりで過ごすことになりました。

センター長が異常に気づいたのは、一ヵ月も経ち、新しい生活にそれぞれがようやく慣れたと彼が考え始めた頃でした。

「お父さん、先にこの子を出すから、パジャマを着せてやって」

風呂《ふろ》の中から娘にそう言われ、出てきた孫娘の体をタオルで拭《ふ》いてやろうとしかけて、おやと思いました。片方のお尻《しり》に、青黒い痣ができているのです。

「おい、この痣どうしたんだ？」

風呂の中の娘に怒鳴ると、シャワーの音が少し止《や》み、

「何のこと？」

「お尻のところだよ。ほら、こんなに色が変わっている」

ややあって、返事がありました。

「やだ、お父さんたら。それは蒙古斑《もうこはん》でしょ」

いささか腑《ふ》に落ちなかったものの、そのときは一応納得して引き下がったそうです。けれど同じ状況が訪れた次の機会に見ると、問題の痣はほとんどわからないほど薄くなっています。それとは別に、右肩と左の太股《ふともも》の部分に見るからに痛そうな痣ができているのです。

「ああそれね、今日公園で遊んでいて、滑り台から落ちたのよ」

事もなげに少女の母親はそう説明しました。そのあまりにも無造作な言い方に、却《かえ》ってある種の疑念が湧《わ》いてきたそうです。

少女は祖父の目から見ても、人一倍おとなしく、慎重な性格の子供でした。滑り台から落ちるなんてお転婆《てんば》なことを、この子がするだろうか？　第一、どんなふうに落ちれば右肩と左の太股を同時に打ちつけたりする？

とは言うものの、このときはまだ、まさかという思いの方が勝っていました。子供が遊んでいれば、痣や擦り傷の一つや二つ、こしらえない方が不思議です。

けれど数日後、今度は少女のほおが赤く腫《は》れていました。くっきりと残っているのは、明らかに指の跡なのです。娘に問いただすと、食事のときにそそうをしたから叱ったのだという返事でした。

「何度叱っても、おかずをぽろぽろこぼすんだもの」

「しかしまだ四歳にもなっていない子供じゃないか。あまりきついことをするのは考えものだぞ」

やんわりとそうたしなめると、娘はぷいと横を向いて言ったそうです。

「あたしの子供の躾《しつ》けに、お父さんは口を出さないで」

そう言われてしまうと、もう二の句が継げませんでした。

本当ならもっと突っ込んだ話をしなくてはいけないことは、本人にも分かっていたようなのですが、自身、子育ては妻にまかせきりだったという負い目があったらしいのです。〈躾け〉だと言われると、そんなものかなとも思ってしまう。そういえば自分が子供の頃には、よく親からぶん殴られた記憶もある。何より、母親が可愛《かわい》いわが子に酷《ひど》いことをするはずがない……確信というよりも、願望に近い思いで日々を過ごすようになったのです。

たいしたことじゃないさ……。そう自分に言い聞かせ、言い聞かせ……。

その間、孫娘の体には、次々に咲いてはしおれていく花のように、青黒い痣が浮かんでは消えていくのでした。

何とかしなければならない。そう切羽詰まって感じたのは、少女が他の子供たちとあまりにも違っていることに気づいたときです。あまりにもお行儀が良すぎる。泣きも笑いも怒りもしない。感情というものがまったくないかのように見える。少女の顔にわずかに残っているのは、母親が何か動作をするたびに見せる、怯《おび》えたような目の色だけ……。

孫娘に対してなされている仕打ちが、〈躾け〉などと呼ばれるような類の物だとは、どうしても思えなくなってきたのです。

そして思い余って相談したのが、仕事仲間の青年でした。

「園芸センターとは言っても、ある畑違いの企業が社長の趣味で作ったような機関ですからね、規模は大したことないんですよ。敷地もさして広くないし、予算も知れてますしね」

青年は笑ってそう説明しました。人員もどうやらセンター長と彼の二人だけらしいと、園長先生はおっしゃっていました。

「突然こんな個人的なことを……それもどう考えてもぼくなんかの手に余る相談を持ちかけられて、そりゃ、最初は面食らいましたよ。参ったなあっていうのが、正直な感想でした。

だけどセンター長ときたら、花や木のこと以外は何一つ知らない不器用な人ですからね、ぼくがなんとかしなきゃって思ったんです」

確かに正直な人なのでしょう。率直にそんなことを言っていたそうです。けれど不器用なことにかけては、彼もそうそう人のことは言えないのではないでしょうか。

なにしろ、何ら具体策も良い考えもないままに、彼はいきなり母親のところに乗り込んで行ってしまったのですから。

彼女は、用件を知るなりパニックに陥ったように泣きだしたそうです。そして曰《いわ》く、あたしだってこんなことをしたくないのに、好きでやったんじゃないわ、この子は泣きも笑いも怒りもしない、どう接すればいいのか分からないの、父親のくせにあたし一人にこの子を押しつけて、お金だけ出していればいいって顔をして、あたしだってまだ若いんだから遊びたいし仕事もしたい、それなのにこの子の面倒を一人で見ろってみんな言うのよ、母親なんだから当然だろうって、子供なんてちっとも可愛くない、どうしてもこの子が好きになれないの……まあ、そんなようなことを、まるで壊れたラジオみたいにしゃべり立てたということです。

ようするに彼女は、沈没する寸前の船みたいなものでした。父親に対しては虚勢をはれたけれども、突然訪れた赤の他人に対しては、張り詰めていた物があっさり切れてしまったのでしょう。少女の体に刻みつけられた痣も、あるいはどうしようもない状態でのSOS信号だったのかもしれません。

もちろん、だからと言ってとうてい容認できることではないのですが。

彼女ははっきりと、自分の子供が好きになれないと言っていたそうです。

「産まなきゃ良かったんだわ」

そう、何度も繰り返していたそうです。


園長室を出たわたしは、少女を伴って庭に出ました。少女と共に過ごした時間はほんのわずかでしたが、それでも彼女が普通の子供たちとどこか違っていることに気づかされました。

それはどこがどうと、はっきり言えるような違いではなく……。

例えばすべてを諦《あきら》め切ったような瞳《ひとみ》の色や、あまりにも慎重で緩慢な動作――まるで自らの一挙一動が誰かの気に障りはしないかと恐れているような――や、もつれた艶のない髪の毛や、伸びてしまって黒く汚れた爪や……それらの細々とした外面的なもの自体ではなく、そうした事柄にしみ込んだ臭気のようなもの。それが、少女をぴったりと包み込んでいるのです。

そのときわたしは少女の服の下に隠された傷のことを知っていました。だからきっとそのせいだと思っていました。少女がそんなふうであるのは、その幼い身体に受けた無体な暴力故であると。

けれど違ったのです。少女の無表情な殻の下に隠されているものが何だったのか、園長先生からの説明を聞いて、ようやく分かりました。

生まれてきたことへの、絶望——。

『産まなきゃ良かったんだわ』

母親のその言葉は、したたかに少女を鞭打《むちう》ったのです。

青年と少女を帰した後、園長先生は新たな園児を引き受けることに決めた、とわたしにおっしゃいました。

「ただし、条件付きですがね」

「条件？」

「ええ。それが守られなければ、その時点でお話はなかったことになりますとお伝えしました」

「何とおっしゃったのです？」

「週に一度は必ずお母様もここにいらっしゃること……どうやら、定期的なカウンセリングが必要らしいですからね」

5

少女の母親が娘と共にやってきたのは、翌週のことでした。

小道を歩いてくる彼女を一目見たとき、わたしは思わず同僚の保母と顔を見合わせてしまいました。

「どんな般若《はんにゃ》が現れるかと思えば、おやおやおや」

同僚がそう漏らしたように（彼女は常にはっきりとした物言いをする人でした）わたし自身も、漠然とではありますが、酷薄非情を絵に描いたような女性が登場するものと思い込んでいたきらいがあります。幼い我が子の腕を、血がにじむまでつねり上げたりしているのです。それこそ鬼婆《おにばば》のような人に違いないと想像し、戦々恐々としていたのです。

ところが現れたのは、鬼婆どころか妖精《ようせい》のように可憐《かれん》な女性でした。少女と言っても通るほどの若々しさです。

娘の方は母親のきっちり一メートルほど後ろを、懸命に早足で追いかけていました。母親は振り向きもしません。

わたしがポーチから降りていくと、彼女は一瞬、怯んだような表情を見せました。わたしはそれにはわざと気づかないふりをして、微笑みを浮かべながら近づいていきました。

「おはようございます……あら、初めましてって申し上げた方がいいですね。お待ちしておりました」

　相手はまるで、厳格な教師の前に立たされた、少々素行不良の生徒みたいに、おどおどとわたしを見上げました。彼女はわたしより十センチほども小柄で、自然こちらとしては相手を見下ろす他になく、この対峙《たいじ》はわたしにとってもいささかきまりのわるいものでした。

　あらためて近くで見てみると、本当に眼のさめるような美しさです。明るい栗色の髪は柔らかなウェーヴを描きながら背中まで流れ落ち、愛らしい眼をふちどる睫《まつげ》毛は信じられないほど長く、眉《まゆ》は描いたように優美で、きゅっと閉じられた唇は、染めたのではない天然の朱に彩られていました。

　彼女はこの上なく自然で、それでいて完璧にきれいでした。

　こんなに美しい女性を見たのは初めてであるにもかかわらず、どこかで見た顔だぞという気がしました。彼女を園長室に誘《いざな》うまでの間に、ようやく思い出しました。

　写真で見たアンティーク・ドールの顔です。ジュモーにブリュにA・Tに……フランス生まれのビスク・ドールたち。そのなかでもとびきりよくできた人形たちに、彼女はどこか似ているのです。

彼女はこちらをくみしやすいと判断したのか、にこりと笑いかけました。それはまったく、華のような笑顔でした。

「あの、あなたが、この子のお母様でいらっしゃいますよね」

言わずもがなのそんな確認をしたのは、同時にもう一つ、気づいたことがあったからです。少女は母親に、少しも似ていませんでした。


園長先生は母親の美しさに幻惑されるようなことはなく、それどころかまばたき一つさえしませんでした。園長先生にとって最大の関心事は常に子供たちであり、保護者などは額縁に過ぎないのです。

彼女は母親にソファをすすめましたが、それはほとんど命令に近い口調でした。母親は即座に従い、娘も自分のわきに座らせました。

「お話は伺っています。この子を当園に受け入れることにしましょう」

それに対して（たぶん礼を言いかけたのでしょうが）母親が何か言いそうになるのを制して、「ただし」と付け加えました。

「お聞き及びかとは思いますが、お約束は守っていただきます」

園長先生は、ずっと独自の方針に従って、園を守り育ててこられたのです。今回の措置は確かに異例ではありましたが、二度と子供に暴力をふるわせないことを第一に考えた場合、もっとも効果的な方法だと思われました。この場合、問題があるのは子供ではなく、母親の方なのですから。

その母親は、うなだれるようにうなずきました。園長先生もうなずき返し、それからふと表情をやわらげました。

「想像していたよりも、ずっとお若い方で驚きました……失礼ですが、おいくつのときのお子さんですか？」

まるで、自信のない解答をしなければならない生徒のように、彼女はまたうつむいてしまいました。

「じゅうしち、です」

それではまだ、二十歳そこそこということになります。

もっとずっと若くてさえ、女として充分な成熟を遂げる人も世の中にはいるでしょう。けれど彼女は違いました。

あどけない顔だちに子供っぽい口調。それに薄い胸や、華奢過ぎる体つきを見るまでもなく、彼女は〈少女〉なのでした。それはもちろん、〈母親〉とは対極にあるものです。

彼女の子育ては、しょせんおままごとに過ぎなかったのかもしれません。

彼女はまったくの子供でした。そして子供とは、ときに無慈悲で常に移り気で、しばしば残忍な生き物です。

ままごとの人形を放り出すように育児を投げ出し、蝶の羽をむしるように娘を苛《いじ》めた……。当の本人があまりにも愛らしいだけに、それはとても嫌な味のする想像でした。

「……さっそく今日いちにちをここで過ごされるということで、よろしいですね？」

園長先生は吐息にも似た口調で念を押し、少女のような母親は、不承不承といった感じでこっくりとうなずきました。

園内を案内してまわる間中、母親の方は始終きょときょとと落ちつきがなく、わたしの説明とは関係のない質問ばかりしていました。一方娘の方は黙りこくったきり、にこりともせずにわたしたちの後につきしたがっていました。

「まあ、すてき」母親は、はしゃいだ声を上げます。「ねえ、おばさん。あら、違ったわ、先生。この木、何の木？」

彼女の声は、まるきり少女のものでした。

普通変声というものは、男性ばかりではなく、女性にだって訪れます。その変化が男性に比べてずっと穏やかなため、さほど目立ちませんが。ほんの少し、声が低くなり、声域が移動し、落ちついたしゃべりかたを覚え、言葉づかいを学び……。

けれどどうやら彼女には、さしたる変化は起こらなかったようなのです。

「金木犀よ」

わたしはゆっくりと答えました。彼女に対する得体の知れない感情は、このときすでに芽生えていました。

「花が咲く？」

無邪気に重ねてそう尋ねます。

——決して嫌悪、というわけではなく。

「ええ、秋に白い花が」

「どんな花？」

——と言って憧《あこが》れでも、

「まるで小さな星みたいな……秋にはそれはよい香りがするわ」

「すてきだわ」満足の吐息。「このうろもすてきね。洞穴みたい」

——嫉妬《しっと》でもなく。

「とても古い木だそうですから」

「ねえ、この木には何か、秘密があると思わない？」

——まるでこの上なく美しい異形《いぎょう》を見るような。

「秘密？」わたしはぼんやりと、くりかえしました。秘密。なんと現実離れした、そしてなんと魅力的な言葉でしょう。「秘密って、どんな？」

「あら、秘密は秘密よ、誰にも言っちゃいけないに決まってるじゃない。そうね……でも、特別に教えて上げる。この木の下にはね、死体が埋まっているの。人間の死体よ。殺されたんだから。ピストルでね、撃ち殺されちゃったの」

——まるで……奇跡にとても近いものをみるような。

「まあ、怖いお話ですね」

「そうよ、怖いんだから。ねえ、ねえ」ふいに彼女の声のトーンは、小鳥がさえずるように高くなります。「あたしね、あなたのことは好きよ。でもさっきの園長先生は嫌い。怖いんですもん。あ、これは内緒よ」

「あの方は人格者だわ」

「そうかもしれないけど、でも嫌よ。だってあの人、高校のときの校長先生にそっくりなんだもの。どうしてああいう人たちって、すごくよく似ているのかしらね？　まるで姉妹みたいだわ。妊娠してるって分かったとき、あの人あたしにひどいこと言ったのよ。もちろん高校なんか辞めちゃって、結婚したの。せいせいしたわ。でもね、彼ったらひどいのよ。あたしのことなんか、まるで子供扱い。みんなもよ、子供が子供を産んだのが間違いだって。あなただって、本当はそう思っているんでしょう？」

確かにその通りでしたから、否定はしませんでした。彼女は上目遣いにわたしを軽くにらみつけ、それからほうっとため息をつきました。

「あーあ、つまんないな。あたしも働こうかしら。あ、お金はあるのよ。養育費って言うの？ ちゃんともらっているから。だからここに通わせるお金なんて、なんでもないのよ。だけどうちに一人でいてもつまんないし……」

「ですけど、お子さんと二人っきりでいるのも、駄目なんでしょう？」

できるだけ、言葉に刺《とげ》を含ませたつもりでした。いったいこの人は、自分の行為を少しでも恥じているのでしょうか？ どうも、そんなふうには見えないのです。

「あたし、どうもあの子とは気が合わないのよね。もう少し大きくなれば別なのかもしれないけど」

けろりとした顔で、少し離れたところにたたずむ少女を見やります。

「働かれる意思があるんでしたら、そうした方がいいんじゃないかしら」

少しは大人になれるかもしれませんし……という言葉を、わたしは辛うじて呑《の》み込みました。

「でも何ができるか分からなくって……」

不服そうに唇を尖《とが》らせます。結局彼女がどうしたいのか、わたしにはまるで分かりませんでした。

「こちらでずっと見学なさってても、よろしいんですよ。ときどき、保護者の方が見学を希望なさいますわ」

彼女はぺろりと紅い舌を出しました。

「まさか。一週間に一度だって多いくらいだわ。だってあたし、子供なんて大嫌いだもの」

「お子さんに聞こえてしまいますよ」

そうたしなめる声も耳に入らないように、ふいに相手は瞳を輝かせた。

「ねえ、ねえ、ねえ……。あれはなに？」

あれ、と指さす先には、何のことはありません。屋根から飛び出した張り出し窓がありました。

「屋根裏部屋でしょ？　ねえ、そうでしょ？」

「ええ、そうですけれど……」

頬を上気させる相手に面食らいながら、わたしはうなずきました。

「上ってみたいわ。上らせて」

「でも、入口の鍵を園長先生がお持ちですから、まず許可をいただかないと。今はもう、お忙しいですし」

「じゃあこの次にはきっとよ。約束よ」

指切りしかねないような勢いです。

「すてきだわ。あたし一度、屋根裏部屋っていうのに入ってみたかったのよ。きっとずいぶん遠くが見えるわ。見えないかしら？　この木が邪魔かもね。すぐ目の前に生えてるし。手を伸ばせば届きそう。きっと葉っぱしか見えないでしょうね。でもいいわ。あそこになら、一日中いたって平気よ」

確かに彼女ならば、平気だろう。そう思いました。それにふさわしい場所でさえあるなら、きっと一日中だって空想のシャボン玉を飛ばしていられるに違いありません。

そして彼女が一度言いだしたなら、もはや何と言っても無駄なことも、分かっていました。

ふと傍らの少女を見て、どきりとしました。

打ちのめされたような表情で、ぼんやりと母親を見つめているのです。

――聞こえていたんだ。

ダッテアタシ、コドモナンテダイキライダモノ。

実の母の、心ない言葉。

差し出された甘いケーキに、いきなり泥水をかぶせられたような気がしました。

「……わたしは仕事がありますので、これで失礼しますね」

軽くお辞儀をし、そこから逃げるように建物のなかにもどりました。保母という仕事には、長々とおしゃべりしていられるほどの時間的余裕はとてもありません。

けれど正直なところ、突き放すようにして彼女から離れたのは、もう一つ理由がありました。彼女が全身から放っている光――たとえるなら、むせかえるような花の香気にも似た――に酔いかけている自分に気づかされたからです。幾百もの木漏れ日のなか、彼女はあまりにも異質で、あまりにも魅力的でした。

後にも先にも、そして男女を問わず、わたしはあのような人に会ったことがありません。わたしは少なからずうろたえ、そしてそんな自分が苛立《いらだ》たしくてなりませんでした。

彼女の娘に対する仕打ちは、断じて許されるべきことではなかったはずなのに。実の娘にあれほど暗い眼をさせて、まるで平気でいる人なのに。彼女ときたら、私語を咎《とが》められた学生ほどにも、罪の意識を感じていないらしいというのに。

園長室に戻り、わたしはこう報告しました。

「あの人は……大きな子供ですわ、園長先生」

園長先生は苦笑しながら、

「どうやらそのようですね」

とだけおっしゃいました。

6

突然、強い光が両眼を射ぬき、わたしは「あっ」と叫んで立ちすくみました。そのはずみで、両手に抱えていたたくさんのマリが、弾《はじ》けるように転がり落ちてしまいました。四散する色とりどりのマリや、園児たちの顔や、敷きつめられた灰色の砂の上を、光の円盤がすうっと撫《な》でて行きます。何人かの子供は気づいたらしく、何事かと周囲をきょときょとと見回しています。そのなかであの少女だけは、鼻の頭に小さく皺を寄せ、ある一点をにらみつけるように見つめていました。

つられてわたしも、その視線の先をたどりました。屋根裏部屋の張り出し窓が、大きく開かれています。そこで何かが動いたような気がした途端、ふたたびあの光がわたしの眼を貫きました。

まるで銀の鈴を鳴らすような笑い声が降ってきたのは、その直後です。

「せんせーい。びっくりしたぁ？」

そう叫び、張り出し窓から身を乗り出したのは、もちろん彼女でした。手にしているのは銀の柄のついた、優美な手鏡です。彼女は体を折るようにして、ひとしきり笑いこけていました。悪戯《いたずら》がまんまと功を奏したのが、嬉《うれ》しくてたまらないらしいのです。

わたしはため息をつくと、散らばったマリを拾い集めにかかりました。やっと半分ほど拾ったとき、傍らから白いマリが差し出されました。

あの少女でした。

「あなたのママは、とんだ悪戯っ子ねえ」

そう話しかけたわたしの口調には、咎めるようなニュアンスは、まるで含まれていなかったはずです。だから少女がうなだれ、低い声でぽつりとこう言ったときには、心底驚いてしまいました。

「ごめんなさい」

この幼い子供ときたら、母親に代わって詫《わ》びているのです。

「なに言っているの、あなたが悪いわけじゃないでしょう？」

そう言おうと身をかがめたとき、さきほどよりもさらに低い小さな声で、少女は淡々とこう付け加えました。

「あんな人、死んじゃえばいいんだわ」

あやうく、集めたマリをふたたび取り落とすところでした。

園に通いはじめてから一月ほどたちましたが、その間中、少女は〈おとなしい、いい子〉

でありつづけました。けれどそれはこの少女に関する限り、必ずしも良いこととは思えませんでした。わたしが先導して何かをやらせているときには、素直にそれに従っているのですが、いざ運動場で自由に遊んでいいという段になると、何をしていいかも分からない様子で、いつもあの金木犀の根元で、一人ぽつんとたたずんでいるのです。

ただ、入園することになったそもそもの原因については、正直な話、ずっと目を光らせていたのですが、ほんのわずかの暴力の痕跡も、見つけることはありませんでした。ことその件に関しては、入園させた甲斐《かい》があったと、園長先生と一緒に胸を撫で下ろしたものです。

わたしたちの気苦労を知ってか知らずか（きっと後者に違いないとは思いますけれども）母親の方は無邪気なものでした。翌週から早速例の屋根裏部屋を我が物顔に陣取って、クッションだの小さな敷物だのを持ち込み、すっかり居心地良く整えてしまいました。週に一度、張り出し窓にたたずむ彼女に気づいた子供たちは、初めのうち、たいそう不思議がりました。とは言え、何にでも慣れてしまうのが子供たちの柔軟なところです。彼女はいつか屋根裏のお姉さんという名で呼ばれ、おおむね好意的に受け入れられていたようです。

けれどわたしたち職員にとっては、娘よりもその母親の方がよほど手のかかる存在だったことも事実です。母子のあまりにも貧弱な肉付きや、青白い皮膚の色を見て、真っ先に疑惑として浮かんだのが、その食生活のお粗末さです。実際、わたしが聞き出したその内容たるや、栄養士が知ったら卒倒しかねない代物でした。

「食べることにあんまりキョーミないの」

そう言い放つ彼女を相手に、子供の健全な育成に、バランスのとれた食生活がいかに重要か、こんこんと説き聞かせることから始めねばならないのでした。

例外中の例外として、一度だけ、それも彼女一流の気まぐれからなのでしょうが、バスケット一杯のサンドイッチを持参したことがありました。

「屋根裏部屋のピクニックよ。お昼寝の時間に、ね、先生」

うきうきとそう言う彼女の脳裏には、もしかすると『小公女』あたりのエピソードでもあったのでしょうか。綿プリントのフリルのついたワンピースに、同じくフリルのついたエプロンという出で立ちで現れ、長い髪は二つに分けて編み、レースのリボンで結んであります。

結局、このピクニックに参加したのはわたしだけでした。園長先生があまり良い顔をしなかったのと、主催者側からの「園長先生や他の先生はキライ」という極めて率直な通達があったためです。

彼女は世の中の物はすべて（つまり人間に限らず）、〈スキ〉と〈キライ〉の二通りに分類しているのでした。イチゴジャムにママレード、それにピーナッツバターの三種類というサンドイッチのご相伴《しょうばん》にあずかりながら（栄養指導の効果が表れたとは、とても思えないメニューです)、わたしはひとしきり、彼女の〈スキ・キライ〉談義を聞いていました。

けれどどうもこと人間に関しては、〈キライ〉の方が圧倒的に多いように思えるのです。

「……じゃあ、この子をここに連れてきてくれた、男の方は？　あの人、あなたたちのことをとても心配していたわ」

「ああ、あの人はいい人よ。好きだわ」鷹揚《おうよう》に、彼女はうなずきます。「ねえ、知ってる？　あの人ね、おかしな研究ばっかりしてるのよ。白いマリーゴールドを作るんですって」

「あら、マリーゴールドって、確かオレンジ色の花じゃなかったかしら？」

「ええそうよ。でなきゃ、黄色かだわ。ありふれた、つまんない花。でも白いのはないの。菊なら白い花があるから、それでいいじゃないって言ったら、それじゃ駄目なんですって」

「青いバラを作ろうとするようなものね」

「ふうん、そんな人もいるの。赤いバラの方がずっときれいなのに、どうしてそんなもの、わざわざ作ろうとするのかしら？」

不思議そうに小首を傾げます。

本当に、人はどうして、現実にないものを望んだりするのでしょう。

彼女の疑問は無邪気なだけに、当を得ているのかもしれません。けれどたとえば彼女には決して、きれいに生まれたかった女の気持ちは分からないだろうなとも、思ってしまうのです。

希求、という言葉。願い、求めるということ……。

それが、多くの美しいもの、ロマンティックなものを、生み出し続けてきたのではないでしょうか。

……話を戻さねばなりません。

――あんな人、死んじゃえばいいんだわ。

三歳の子供の口から飛び出したこの言葉は、わたしにとって少なからずショックでした。元からいる園児のなかにだって、「ぶっ殺してやる」などと物騒なことを口走る子供は大勢います（大抵は男の子ですが）。でもそれはテレビマンガの悪役のセリフをただ真似《まね》ているだけで、それをまた大人が慌ててたしなめるものだから、余計に面白がって連発したりするのです。

けれどこの場合は違います。あれは、間違いなく少女自身の言葉でした。

彼女が少女にとって、決していい母親ではあり得ないことは、重々分かっているつもりでした。気が向けば、まるで猫の子を可愛がるように娘に接していましたし、物事が思いどおりにいかないときには、苛立ちにまかせて少女の皮膚に爪を立てるなどということをしていた彼女なのです。

彼女は誰かの娘にはなれるでしょうし、姉妹にだってなれるでしょう。友達にも恋人にも、ひょっとしたら妻にだってなれるかもしれません。けれど絶対になれないものが一つだけあって、それが〈母親〉なのです。

すべての子供が天使ではあり得ないように、すべての母親もまた、マリアではあり得ないのです。

絵画や彫刻で表された聖母子像のマリアは、常に我が子たるキリストを見つめています。けれど彼女は違いました。

彼女が見つめていたのは、鏡に映った自分自身の虚像だったのです。好んだのは秘密めいたゲームに、子供じみたおとぎ話。そして愛していたのはきれいなもの、優しいもの、甘いもの、柔らかなもの、ひらひらしたもの、つるつるしたもの……。

わたしは知らず知らず、屋根裏でのピクニックがあった日のことを思い起こしていました。

娘を連れて帰る間際、彼女は髪に結んでいたレースのリボンをほどきました。そしてひょいと、金木犀のうろのなかに投げ込んだのです。

「……何をしているの？」

あまりに不可解だったので、そう尋ねてみました。

彼女は片方の眼をつぶり、人指し指を朱い唇《あか》の前に当てました。

「あのね、先生にだけは教えてあげるけど、これは内緒よ。この木は〈お願いの木〉なの」

「お願いの木?」

「この穴のなかに何かいいものを入れて、お願いをするの」

「……そうすれば、願い事がかなうの?」

相手は大真面目にうなずきました。

「ええ、そうよ。絶対に。先生もやってみる?」

「今、お願いしたのは、どんなこと?」

「あら、それは言えないわ。秘密なの」

くすくす笑いながらそう答え、「それじゃあね、先生」と片手を振って帰って行きました。

絶対に——。

わたしは彼女の唇からこぼれた、そんな単語を口のなかでつぶやいてみました。

すべての願いは、かなえられるべきもの。

そんなふうに、考えているのでしょうか。

切ないほどに願い、求めるなどということは、彼女には決してなかったに違いない……皮肉ではなく、そう考えながら二人を見送っていると、途中で少女がふと立ち止まり、肩ごしに振り返ってにこりと笑いました。

わたしは胸を突かれる思いで、もう一度、少女に向かって手を振りました。

おずおずとした、はにかむような笑顔。

あんなふうに笑える子だったのです。

それは母親のものとは対照的な、笑顔でした。あの幼い母親を思い出すとき、常にその顔は笑っています。彼女はときにすねたり、ふくれたりしていたはずなのですが、どういうわけかその表情は記憶になく、ただ、華やかで、無邪気で、人を引きつけずにはいられない笑顔ばかりが浮かんでくるのです。

本当によく笑う人でした——まるで少女のように。けれど彼女の娘の笑顔を見たのは、それが初めてでした。

少女が母親よりはわたしに対して、よほど多くのシンパシーを感じているらしいことは、もうずっと以前から分かっていました。それを良くないことと知りつつ、心の一部ではまんざらでもない思いでいたり、無理もないことだと思ったり、少女が哀れだと思ったり、わたしの内心もいささか複雑でした。

けれど少女の本心の吐露ともとれるつぶやきを聞いてしまったあとでは、深刻にならざるを得ませんでした。

とても冷やかで、乾いた感情。乱丁の本のようにとりとめがなく、それでいて同じページの裏表のように、背中合わせにぴったりと寄り添った母子。世の中から一方的に押しつけられる、望ましい母子関係の在り方などという類の物に、双方で困惑している二人。

——あんな人、死んじゃえばいいんだわ。

「冗談でも、そんなこと言っちゃ、いけないわ」

その場でそうたしなめることは、たぶんとても簡単です。

もしそれが、冗談などでは決してないことを、知ってさえいなければ。

7

わたしは今までに一度も会ったことがなく、そして今後も会わないであろう、一人の男性を憎みます。

彼女のかつての夫であり、少女の父親であった人。

彼はあんな形で二人の〈子供〉を放り出したりするべきではなかったのです。たとえ彼女が〈妻〉として、望むことをまるで果してくれていなかったとしても。〈母親〉として、許容の範囲をはるかに越えていたとしても。それでも彼にできることは、お金を出すことだけではなかったはずなのです。

もし、母子の間にほんのわずかでもいい、父親の影が介在していれば、二人の間のあのいびつな感情は、もう少し姿を変えたものになっていたでしょう。

保母をしていて、わたしはしばしば、どうしようもないほどにもどかしい思いに駆られることがありました。

保育園は基本的に、共働きの両親を持つ子供たちのための施設です（もちろん様々な例外はあるわけですが）。そして多くの場合、子供の送り迎えは母親の仕事です。子供はしょっちゅう熱を出したり具合が悪くなったりしますが、そんなとき、仕事を休んで子供の面倒をみるのは常に母親です。保育園は女性と園児のみで構成され、父親などは園児名簿の保護者欄にだけ存在しているに過ぎないのです。少なくとも、わたしたちの園においてはそうでした。

彼女は確かに、母親としてはまったくの落ちこぼれでした。送り迎えの時間をきちんと守った日の方が少なかったし、子供が熱を出したというので連絡しても、家にいたためしがありません。けれどそんな彼女でさえ、名簿に名前が載っているだけの父親たちよりは、よほどましだったと思うのです。

前置きが長くなってしまいました。これから書かねばならないことを考えると、どうにも気が重くなります。

彼女が亡くなったのは、金木犀の花の香る、秋のことでした。

わたしはそのとき、運動場で子供たちのボール遊びの相手をしていました。日差しは夏に返ったように暑く、金木犀の香りが、むせかえるほどに強く漂っていました。

金木犀の葉陰から、彼女の横顔がちらりと覗いています。

彼女はいつものように、張り出し窓に腰掛けていました。その頃には毎日のようにその同じ場所で、完成したためしのないレース編みをしたり、きれいな声で歌を歌ったり、本を読んだりしていました。夏の盛りにはさすがに閉口していたようですが、秋口に入り、涼しくなってくると、またいちだんとその場所がお気に召したようでした。

そのとき、彼女は何もしていないようでした。よく見ると、小首を傾げたり、小さくうなずいたり、誰かと話をしているようでもあります。本当に誰かいるのかしら……？　そう思った途端、ちらりと小さな顔が窓から覗き、次の瞬間には引っ込んでいました。

あの少女の顔でした。

まさか。あの子はここにいるはず……そう思って見渡すと、確かに少女の姿が見当たりません。

大嫌いなはずの母親と二人で、いったい何をしているのかしら？

好奇心と共に、ちらりと不安が身をもたげました。払いのけても払いのけてもまとわりついてくる、一匹の蜂《はち》を気にしながら、わたしは少女を捜しました。

小さな悲鳴が上がったのは、そのときです。

わたしの目に入ってきたのは、まるでピストルで撃たれた鳥のように落ちてくる、彼女の姿でした。

記憶のなかではスローモーションフィルムのように、ゆっくりと彼女は落下して来ます。けれど実際は、もちろん一瞬の出来事でした。

何か、嫌な音を聞いたようにも思います。けれどわたしの耳は、それを脳に伝えることを拒否していました。

わたしは石化したように動けず、先に奇声を上げながら走りだした子供たちのお陰で、ようやく我に返りました。

「行っちゃ駄目」自分でもびっくりするくらい、大きな声が出てきました。「みんな、お遊戯室に戻って。健太君、園長先生にお知らせして」

子供たちのなかでもいちばんはしっこい子にそう命じ、彼女に駆け寄りました。

落下する途中、無我夢中でつかんだのでしょう。花をつけた金木犀の枝が数本、手向《たむ》けの花のように散らばっていました。そしてそのすぐそばに、彼女が倒れていました。

左耳から栗色の髪にかけて、真紅の液体が伝い流れていました。わたしを見てかすかに笑い——こんなときにまで、笑うのです——そして口を開きました。

紅い唇から出てきた最後の言葉は、彼女の一人娘の名前でした。

それから彼女は空気が漏れるように吐息をつき、そして……。

それっきりでした。

要するに事故……だったのです。

まず救急車が来て、その後でパトカーが来て、複数の人が代わる代わる尋ねた質問に、わたしは同じ答えをくりかえし……そして出た結論が、それでした。

それは当然です。

窓辺の手すりは古くなって、ぐらぐらしていました。あんな高くて危険なところで彼女は、ときに子猫のように眠り込んだりさえしていました。みんな知っていることです。彼女が子供じみたことばかりしていたことは。

たとえば、落ちたら怪我《けが》をするに決まっている高い塀の上を、危なっかしくバランスを取りながら歩いてみたりするような。

まだ治りきっていないかさぶたを、わざわざめくってみたりするような。

苛めた子猫に引っ掻かれたりするような。

彼女はまるっきりの、子供だったのです。

自殺を疑われるには、彼女はあまりにも陽気に過ぎました。ですから皆が、不幸な事故だと言いました。屋根裏のドアは閉ざされ、園長先生は二度とふたたび、その場所への立ち入りを許可することはないでしょう。

本当に不幸な事故でした。誰にとっても。

けれどなぜ、今に至るまで、これほどまでも心が波立つのでしょう。なぜ、事件の直後にあの子に尋ねてしまったりしたのでしょう。

「さっき、お母さんと一緒に、屋根裏部屋にいた？」と。

少女は首を振りました。そして確かに、遊戯室に子供たちの様子を見に行ったとき、少女はその場にちゃんといました。

だからそれでよしとするべきだったのです。

怯《おび》えて泣きじゃくる少女に、あのときわたしはこう言うのが精一杯でした。

「あなたのせいじゃないんだから。誰も悪くないんだから。早く忘れてしまうの。いい？」

けれど――。

わたしはいったい何を恐れているのでしょうか？　もし……万が一、そうだったとして、それでわたしに何ができるでしょうか。

死んでしまった人間は、二度とふたたび蘇《よみがえ》らず、生きている人間は、この先ずっと生き続けていかねばなりません。ですからもう、終わりのない堂々巡りはこれでやめにするべきなのです。

つい昨日、園の樹木の手入れをしにやってきた業者が、このままじゃ木が腐るからと言って、金木犀のうろのなかにコンクリートを流し込んでしまいました。彼女が生きていたら、さぞ憤慨したことでしょう。

コンクリートはまだ、半分も乾いていない状態です。薄っぺらな包みぐらいでしたら、押し込んでしまっても何の影響もないでしょう。後で表面をきれいに均《なら》しておきさえすれば。

あの母子が唯一、共通して愛していたのがこの古い樹木でした。この金木犀にすべてを託して、わたしはこの園を去ろうと思います。あれから秋が巡ってくるたびに、きついほどの香りに包まれ、胸苦しさに耐えられなくなるのです。

最後に――。

ねがわくば……あの少女に幸あらんことを。いいえ、あの子だけでなく。朝、雄々しく仕事に向かう母親たちに、その背中に泣いてすがりついていた子供たちに。わたしが園で出会ったすべての子供たちに。

等しく幸福が訪れますように。

わたしは心より、願い、求めます。

8

さて、もう読み終わったみたいだね。

ずいぶん長い間、ぼんやりしていたみたいだけど……。ぼくの話を続けても、いいかい？

サカタさんはこのノートを読み終えたあと、どうしたと思う？

なんとぼくに見せるまで、ずっと自分一人の胸のなかにしまい続けていたんだ。

「死んだ人間のために、生きている人間が不幸になっちゃ、いけねえんだ。分かるか、坊主。それは間違ったことなんだよ」と。

彼は例によってじろりとぼくをにらみつけ、締めくくるようにそう言った。たぶん彼はそれを自分に言い聞かせ、貝のように口をつぐみ続けていたんだろう。まあもともと無口な彼にとって、それはたいして難しいことじゃなかったかもしれないけどね。

とは言うものの、彼もずいぶん歳をとった。気が弱くなってきたところに、いきなりの入院騒ぎだろう？　誰かに秘密をバトンタッチしたくなったんだと思う。ま、それでぼくが選ばれたってわけ。当人の意向はまるで無視してね。

「いいか、滅多な人間には見せるんじゃねえぞ。俺ぁ、いつ死んでもおかしくない体なんだからな。こいつは遺言と思え」

なんてね、ドスがきいた声でそんなことを言っていた。これじゃまるで脅迫だ。

すぐにも死にそうなことを言ってたわりには、サカタさんは今でもぴんしゃんしているな。あのとき、あちこち傷んでたところをオーバーホールしてきたぶん、前よか元気なくらいだ。

まあ、ともかくそうした次第で、何が何だか分からないうちにサカタさんの〈秘密〉を遺産相続することになった。おっと、まだ死んでないから生前贈与ってやつだな。まあ、即物的に考えれば、もらったのはぼろっちいノート一冊きりなわけだから、自分ちの引出しに放り込んでそれでお終《しま》いにすることもできたわけだ。

だけどぼくはそうしなかった。

どうしてだろうね？

ぼくはこの手記のなかに出てくる、金木犀の木がどうしても見たくなってしまったんだ。それこそ矢も楯《たて》もたまらないってやつ。

古い年老いた木は、その後いったいどうなったのだろう？　今もその自然植物園で、毎年春には元気に新芽をふいているだろうか。秋には珍しい白い花を咲かせているだろうか？

それこそが、いちばん大切なことに思えたんだ。何とかして、この木を見ることができないだろうか……。二、三日、そればかり考えていた。

今から考えると、馬鹿みたいに強い衝動だった。あの夏の暑さに脳味噌《のうみそ》がやられていたとしか思えない。

じりじりと照りつける直射日光に、目に突き刺さるコンクリートやアスファルトからの照り返し。体液が沸騰してしまいそうな昼間に、体ごと煮崩れていくような夜。体内時計の狂ったミンミンゼミの声。台所で腐っていく果物の、甘酸っぱいような悪臭に、自動販売機から転がり出てくる、生ぬるいビール。舞い上がる埃《ほこり》に、自動車の排気ガスに、満員電車の汗の匂いに、うっかり触れると火傷《やけど》しそうなボンネットに、上がりっぱなしの水銀柱に、挨拶代わりの「暑いですねえ」に……とにかくすべてのものに、ぼくはうんざりしていた。

その大きな木ってやつを見てみたいと思った。七百年以上も生き続けた木。秘密のうろを抱えていた木。ひんやりと湿った、いわく因縁を持った木。

そのごつごつとした幹に触ってみたいと思った。ぽっかりとがらんどうな胎内に抱えているものに思いを馳《は》せ、百万もの木漏れ日を浴び、葉の間を抜ける風の音を聞き、その広い木陰で休んでみたい……。

それは熱烈なまでの、願いだった。

子供のころ、大好きだった本があった。知っているかい？　確か『おおきなきがほしい』ってタイトルだったと思うけど。主人公の男の子が、とにかくでっかい木が欲しいと夢想する。梯子段《はしごだん》をつけて登りやすくして、木の上には自分だけの部屋も作って……ただそれだけの話なのに、ぼくはすごくわくわくした。

　ぼくだって大きな木が欲しい。そう願い続けて、いったい何年になるだろう？　空に突き刺さるほどに高く、幹の回りを取り囲むのに、大人が何十人も出てこなきゃならないような。小鳥たちを何百羽も住まわせ、たくさんの動物たちに甘い木の実を提供するような。そんな、でっかい、でっかい木が欲しい。

　なぜ人が樹木をもてはやすのか、それも大きな古い木をことさらに愛するのかが、このときようやく分かった気がしたよ。

　繁《しげ》った葉は、涼しい木陰を作りだす。恰好の雨宿りの庇《ひさし》になる。命の水をたくわえ、地震にだってびくともしない。

　優しい大きな守護神なんだ。

　木を見にいこう。そう思った。

　あるいはそれは、予感だったのかもしれない。何かに——あるいは誰かに出会うための。

　サカタさんは何一つ、教えてくれようとはしなかった。問題の植物園がどこにあるのかだとか、あの木がもとあった場所はどこなのか、とか。

（そいつぁ、ルール違反ってもんだ、坊主）

彼の眼は、そう言っていた。

だけど人間、生きていればときに、ありとあらゆる矢印が、すべてただ一点を指し示している、なんてことがあるものだ。

定食屋で夕飯を食べていたときのことだ。テレビでは、ちょうど民放のニュースをやっていた。

画面の片隅に『ご神木、ご難！』というテロップが出た。何気なく見やると、どこそこの神社にある樹齢何百年だかの杉の木に雷が落ち、木が真っ二つに折れて焼け焦げてしまったと言うのだ。

おやまあと思いつつ、少し焼きすぎた感のあるサンマをつついていた。そのとき、アナウンサーの言葉の断片が、ふいに耳に飛び込んできた。

「……の金木犀も、先月末に落雷の被害を受け、天然記念物の指定が解除になったばかりで、この夏、天然記念物に指定された樹木の受難が相次いでいるようです」

「おばちゃん！」ぼくは顔なじみのおかみさんに向かって大声を上げた。「なんて言ってた、今、テレビ」

おかみさんは一瞬ぽかんとしたが、たまたま今のニュースは見ていたらしい。

「ええっと……どこかの神社の杉に雷が落ちたって……」

「そのあと」

「どこいらの何かの木が台風で折れたって」

だんだん頼りなくなってくる。

「そのあとは」

「こないだ金木犀にも雷が落ちたって言ってたけどね、急にどうしちゃったの？」

怪訝《けげん》そうな相手に、ぼくは懸命に質問を重ねて、何とか大まかな場所を思い出してもらうことに成功した。

これだ、と思った。

あとから冷静に考えてみれば、本当に同じ木かどうかなんて、断言できるはずはなかったのだ。テレビから得た情報なんて、ほんのわずかな物に過ぎなかったのだから。

だがそのときのぼくには、自分でも良く分からない自信があった。あの木だ。絶対にあの木だ。そう思った。

ぼくはその足で本屋に向かい、地図を買った。そして翌朝早く、宿も定めないままに、その見知らぬ町に向かって出発してしまった。

幸い、問題の植物園は、さほど苦労もせずに見つかった。一見して、規模はあまり大きくないようだったが、こぢんまりと美しく、手入れがよく行き届いていた。園の入口付近、箇単なレファレンス・コーナーを備えた資料館があり、まずはそこで情報を入手することにした。

「金木犀？」資料館で暇そうにしていた、頭のはげた親父《おやじ》が言った。「ああ、ひどいことになっちゃいましたよ。ご存じですか？　雷にやられてね」

「テレビでちょっと言ってましたけど……あの、その木っていうのは、白い花が咲きましたか？」

「そうなんですよ。珍しい木でね」相手は深々とため息をつく。「もしご覧になるなら、正面の道を真っ直《す》ぐ行ったところにありますが……かなり無残なことになっていますよ」

まるで不慮の事故に遇った我が子について語るような、沈鬱《ちんうつ》な口調だった。ぼくは礼を言い、教えられた道に向かった。

いよいよ、問題の木との対面だ。

植物園のちょうど真ん中付近に、その木はあった。少なくとも、一部分だけは。

確かに、かなり無残なことになっていた。木は根元から折れ、ぎざぎざの切り株が残っているばかりなのだ。やはりうろの部分が、相当に脆《もろ》くなっていたのだろう。ところどころ焼け焦げた跡がある。信じられないほどに長い間、風雪に耐え続けてきた木の最期としては、あまりにも呆気《あっけ》ない気がした。

ぼくは木の残骸から、五メートルほど離れたところにぼんやりとたたずんでいた。

ショックでほうけていた、というわけじゃない。長い命のお終いに立ち会ったという、感慨みたいなものはあった。けれどそれは水にも似た、淡々とした感情だった。

だけど、ぼくが木に近づけずにいた理由は他にあった。

一人の女性がそこにいて、老いた木の幹にそっと手を触れていた。

いたわるように。慈しむように。両の手のひらで、半ば炭化し、体の大部分を失ってしまった木をそっと抱いていた。

りんとした横顔。強い意志を込めて引き締まった唇。陽光を受けて、栗色に透ける髪。

ぼくの脳裏に、いなびかりにも似た光がぱっとはじけ、そして散った。

ずっと昔、どこかで同じ光景に出会っている気がした。

彼女はぼくのぶしつけな注視など、まるで気に留めていないように見えた。しばらくして気が済んだのか、そっと木から離れた。愛《いと》おしむような一瞥《いちべつ》を木に投げた後、ぼくのすぐわきをすり抜けて去っていった。

彼女のつけていたコロンだろうか、ふと甘い香りがした。ぼくにはそれが、金木犀の木が毎年毎年秋になるたびに咲かせていた、花の香りの記憶のように思えた。

『木の化石』という言葉を思い出したのは、彼女がその場を立ち去って、ずいぶん経ってからだった。

やがてぼくは木に近づいて行った。ほとんど死にかけている。けれどまだ、死んではいない。両手でそっと、そのごつごつした樹皮に触れてみた。別に意識してそうしたわけではないが、さきほどの彼女の行為と、よく似ていたかもしれない。

その木肌は最初冷たく、やがて皮膚に馴染《なじ》んで暖かだった。

帰り際、挨拶がてらさっきの親父のところに寄ってみた。

「見てきました」

「ああ、さっきのきみか」親父さんは再会を特別喜んだふうでもなかった。「ひどいことになってたろ」

「そうですね。やっぱりあの木はこのまま、枯れてしまうんでしょうか？」

「難しいところだなあ……ひょっとしたら新芽が出てくれるかもしれないが……何しろ古い木だし、春になってみないとね。幸い、クローンをたくさん作っておいたから、そっちの方を気長に育てながら、様子を見て行こうと思っているんだ」

「クローン？」

「興味あるかね？」

それまで、まるで熱のなかった親父の瞳が、ふいに悪戯っぽく輝いた。つられてうなずくと、相手はいきなりいそいそと歩きだした。

「それじゃ、特別に見せてあげましょう。ついてきなさい」

相手の態度が少々恩きせがましいのが気に入らなかったが、ぼくはおとなしくついて行った。実はわりとよくしゃべる人だったようで、このときこの親父が園長なのだと知った。サカタさんが会った人と同一人物かどうか興味があったが、話の中に「先代の園長が……」などというセリフがあったから、たぶん別人なのだろう。

建物の裏手に、緑色の金網で囲まれた敷地があり、入口には鍵のかかった錠前があった。

「ここは一般には公開していないんですよ」

「クローニングの秘密研究でもしているんですか？」

そのわりには、狭い敷地にきちんと畝が作られているだけの、単なる畑に見える。

「研究はしていますけどね、別に秘密じゃありません。ほら、これですよ」

畝の一角を指さした。三十センチほどに伸びた苗が、ずらりと並んでいる。白いプラスチックの札が立ててあり、『キンモクセイ』と書いてあった。

「すごいですね。木の細胞を培養でもしたんですか？」

そう感心すると、相手は歯をむいて笑った。

「いやまさか。そんな七面倒なことはしませんよ。二十センチくらいの枝を切ってきてですね、地面に挿しておくんです」

「それって、挿し木って言うんじゃないですか？」

「そうです、よくご存じですね」あっさりとうなずく。「栄養生殖とも言ってね、接《つ》ぎ木もこれに含まれるな。ジャガイモの塊茎をいくつかに切って埋めとくと、新しい芽が出てくるでしょう？　あれと一緒です。種子から育てるのと違ってね、この方法だと、特殊な遺伝形質でもそっくりそのまま受け継ぐことができるんですよ。まあ樹木の特性なんてのは自然環境や地面との相性なんかにもよりますからね、親木と同じ花を咲かせるかどうかが分かるまでには、さて十年かかるか、二十年かかるか……」

ずいぶん気の長い話だ。十年、二十年経って、親木と同じ特性を受け継いでいることが分かったとして、この小さなクローンが親木と同じ大きさに生長するには、さらに数百年の年月が必要だ。

「遠大な計画ですね」

「そうさ」相手は得意気に胸を張った。「人間が希少生物を次々絶滅させているのは、恥ずべきことだ。渡されたバトンは、責任を持って次の世代に手渡さないとね」

ぼくは大きくうなずいた。

大きな木を見に行くつもりだった。雲つくような高さと、広い木陰とを持った、巨大な樹木を見たいと思った。

だけど実際にこの場所で見たのは、ぼくの膝《ひざ》ほどの高さもない、小さな苗木がざっと二ダースばかり……。

ぼくは充分、満足だった。

さて——。

蜿々と続いたぼくの物語も、いよいよ終わりに近づいてきたらしい。

9

数日後、ぼくは「金木犀を見てきたよ」と報告するために、またサカタさんの見舞いに行った。そこで思いがけない人に出くわした。

あの植物園で会った、彼女だ。

ぼくが驚いて声を上げると、彼女が怪訝そうな顔をした。

「なんだ、またお前か」

とはサカタさんもご挨拶だ。ぼくはごく何気ないふうに尋ねてみた。

「あの、こちらの方は……」

「ああ」サカタさんはひどくぶっきらぼうにあごをしゃくった。

「孫娘だよ」

どうやら照れているらしい。

前回振る舞われたスイカのことを思い出した。食べやすい大きさに切って、きちんとラップで包んであった。あれはひょっとして、彼女の仕事だったのだろうか？

彼女はぺこりと頭を下げた。ぼくも会釈を返しつつ、これはあまり長居をするムードではないなと思った。サカタさんはぼくなどよりも、美人の孫娘の見舞いの方がずっと嬉しいだろうし（少なくとも、ぼくならそう思う）、その美人の方も、ぼくとの再会がそう嬉しいというわけではないらしい。そもそも、あの様子じゃ、こっちのことなんてまるっきり覚えていなさそうだ……その点はちょっと……かなり残念。

とにかく肉親同士の交流を邪魔するのは気が引ける。それでさっさと報告だけ済まして帰ることにした。

「金木犀を見てきましたよ」

そう言った途端、彼女の顔色が変わったような気がした。

「ねえ、おじいちゃん」なんだか無闇《むやみ》と唐突に、彼女が口を挟んだ。良く通る、きれいなアルトの声だ。「せっかくお見舞いに来ていただいたんだし、コーヒーでもご馳走《ちそう》したらどうかしら。ちょうどあたしも飲みたかったたし。おじいちゃんも、飲むでしょ？　ロビーに販売機、あったわよね」

小銭入れを持って、立ち上がる。

「あ、それならぼくもご一緒しますよ。手が足りないでしょ」

せっかく好意的なことを言ってくれているのだ、こちらとしては謹んでお受けして、手助けをするのが礼儀というものだ……たとえ、彼女の言動にいくぶん作為的なものを感じたとしても。

ばたばたと病室を飛び出すぼくらを、サカタさんはぽかんと見送っていた。

「ひょっとして、サカタさんに内緒なの？　植物園に行ったこと」

かまをかけてみると、数歩前を歩いていた彼女はぴたりと立ち止まり、振り返った。

「あなたはどれだけ、知っているって言うの？」

「ノート一冊分、かな」

一拍待ってみたが、相手が何も言わないので、付け加えた。

「サカタさんから預かったんだ」

足早に廊下を通り抜けていった看護婦さんが、怪訝そうにぼくらを振り返った。彼女はまた歩きだし、ロビーのベンチに腰を下ろした。ぼくはコーヒーの販売機を見つけ、コインを入れた。

「はいどうぞ」紙コップを差し出すと、相手ははっとしたように顔を上げた。「飲みたかったんでしょ、コーヒー」

自分の分も確保してから、彼女の傍らに座らせてもらった。

「祖父はどうしてあなたにノートを渡したりしたのかしら」

ぼくの顔を正面から見据え、それでいて独り言のように彼女は言った。

「きみもあのノートのことを、知っていたんだね」

「ええ。でもそれは祖父には内緒なの」

「どうしてまた？」

ぼくはそう尋ねたが、ある予感のようなものはあった。そしてそれを裏付けるように、相手はしばらく無言だった。

「本当に分からない？」

彼女が確認するようにそう聞いたとき、ぼくは一瞬躊躇《ちゅうちょ》した。「全然分からないよ」と答えるべきじゃないかと思ったのだ。だが、結局ぼくはこう言っていた。

「きみが……あの手記に出てくる少女なんだね？」

相手の表情に、淡いさざ波が起こった。だが、彼女はすぐにしっかりした声で答えた。

「ええ」

「そしてセンター長ってのが、サカタさん」

「ええ……そうよ」

サカタさんはあのノートをぼくに渡すとき、真実のすべてを語ったわけじゃなかったのだ。

あのノートが金木犀の胎内から見つかったとき……彼はどれほど驚愕《きょうがく》したことだろう。不幸な〈事故〉で亡くなった娘のことを……その死に至る軌跡をつぶさに見ていた一女性の手記が、何年も経ってから、思いがけない場所で見つかるとは。しかもよりによって、それを発見したのは彼自身だった……。

金木犀が呼んだ。そう彼は思ったかもしれない。

「……母が亡くなった後、あたしは結局兵庫県にいた父の元に引き取られたの。そこで少女時代を過ごしたわ。高校生になって、父が再婚したんだけど、新しい母親にどうしても馴染めなくて、家を飛び出すみたいにして祖父のところに行ったの。その頃は祖父も独立準備の真っ最中で、ずいぶん忙しかったはずだけど、黙ってあたしを置いてくれた。ただ、高校だけはどこでもいいから出ておけって言われたけどね。父のことも説得してくれた……あのノートを読んだのは、転校して間もない頃だったわ。押入れの整理をしていて、見つけちゃったの」

最初は、既に亡くなっていた祖母の残した、小説か何かとばかり思ったという。だが、読み進むうちに、奇妙に自分のかすかな記憶と符合する描写があることに気づいた。かすかに覚えている母の姿……一時期通っていた保育園……優しかった先生……たくさんの葉をそよがせていた、大きな木。

もしやという思いは、やがて確信に変わった。

なぜそのノートが祖父の手元にあるのかは分からなかったが、それが自分に深く係《かか》わっていることだけは理解できたという。

「世界が足元から崩れていくような気がしたわ。あれからあたし、今までずっと、自分を裁いてくれる人を待っていたような気がする。おじいちゃんもきっと同じよ。誰かに裁いて欲しくて、あなたにあのノートを渡したんだわ……」

ねえ——。

きみはあのとき、そう言ったね。自分を裁いてくれる人を待っていたって。ずっと待っていたって。

本当は、そうじゃないだろう？

欲しかったのは……救いじゃなかったのかい？

少なくとも、誰かを裁けるような、そんな強さはぼくにはない。お生憎《あいにく》だったね。明らかに、きみのおじいさんの人選ミスだ。

だけど別な意味じゃ、サカタさんはこれ以上ないってほどの人物を選んだんだよ。

ぼくはあれからずっと、調べていた。二十年以上も昔に起こった、〈事件〉について。あらためてこのノートを読んでもらったのは、少し気になる点をおさらいするためだ。気になる点ってのはつまり、本当にきみがお母さんの死に対して、何らかの責任があるかどうかってことだ。

ごめん。これ以上回りくどい言い方は、思いつかなかったんだ……だけどきみは聞かなきゃいけないよ。

このノートを読んで、疑問には思わなかったかい？

きみは問題の瞬間、なぜ母親と一緒に屋根裏部屋にいたんだろうって。

きみは母親のことを嫌っていた。自分ばかり見ていて、少しも娘であるきみのことを見ようとしないから。なのになぜ、わざわざ母親に会いにいく？　階段には柵がついていたし、たとえたまたま開いていたとしても、三歳の子供が三階まで階段を上がって行くのは、無理だとは言わないまでも、結構な労力が必要なはずだ。きみにどうしてそんなことをする理由がある？　三歳の子供が明確な殺意を抱いて、階段を上っていく？　まさか。

だけどもちろん、じゃあ保母さんが見た人物はいったい誰だったのかってことになる。彼女は一目見て、きみだと思った。彼女が嘘を言っているとは思えないし、その理由もない。

ぼくは文字通り頭を抱えてしまった。そしてもう一度、このノートを読み返したとき、ここに出てくるある小道具が妙に気になった。

長い柄のついた、銀色の手鏡……。

お母さんが太陽光を人の顔に反射させる、他愛ない悪戯に使った鏡だ。

手記のなかで、鏡という言葉は非常にシンボリックに使われている。彼女がいつも見ていたのは、鏡に映った自分だけだ、と。手記を書いた人物は、その手鏡をお母さんの自己愛の象徴として捕らえていたわけだ。

だけどぼくの解釈は少し違う。彼女は一人遊びの小道具として、手鏡を使っていたんじゃないだろうか？　窓から見えた彼女は、しきりに誰かに話しかけたり、笑いかけたりしていた。その相手なんか、本当はそこにいなかったとしたら？

――ぼくが考えていることが、分かったかい？

保母さんが目撃したのは、鏡に映ったきみのお母さん自身の顔だったんだよ。

きみとお母さんとは少しも似ていなかったって？

そんなことはないさ。今のきみを見ればよく分かる。きみたちは、本当はよく似ていたんだ。ただ、浮かべている表情が、天と地ほどにも違っていたために、まるで似ていないように見えたに過ぎない。

きみのお母さんは、いつも楽しそうに笑っていた。お母さんのことを考えるとき、笑顔しか思い浮かべることはできないと、ノートの記述者も書いている。一方、幼かったきみは、ほとんど笑うこともなく無表情だった。

もしかするときみのお母さんは、まるで違う二つの表情を持っていたのかもしれない。不安や孤独感が、波のように彼女を襲っていたのかもしれない。手記を読むかぎり、成人女性としてはあまりにも未成熟で、不安定な人だったみたいだ。きみに暴力をふるったりしたのも、その不安感の表れだったのかもしれない。

とにかくそのとき鏡に映っていた彼女の顔は、いつものように笑っていなかった。楕円形《だえんけい》の鏡に切り取られた、お母さんの顔……トレードマークの長い髪もなく、華のような笑顔を浮かべてもいない彼女の顔は、当時のきみの顔に、たぶんとてもよく似ていた。金木犀の葉っぱ越しに見たんだ、しかも薄暗い屋根裏部屋に浮かび上がった虚像が、実像と区別がつかなかったとしても、無理もなかったかもしれない。

だけどその結果、保母さんが作り上げた不安な想像が、後に手記という形できみの頭のなかにインプットされてしまった。事件直後、保母さんからされた質問の意味が、おぼろげながら分かってもいたんだろう。それが強い不安感となってきみの意識下に残っていたことも、〈自分が母親を突き落として死なせた〉という間違った認識を真実として受け入れてしまう要因となったかもしれない。

そしてきみは、犯人もいなければ被害者もいない事件のために、長い間苦しまなければならなかったんだ。

ここまでは、納得してもらえたかい？

一応、ね。それでもいいよ。先を続けよう。

すると当然、問題になってくることがあるよね。

どうしてきみのお母さんは、窓から落ちたりしたんだろう？

ぼくはずっとそのことを考えていた。そして考えているばかりじゃ、とても埒《らち》が明かないことに気づいた。行動を開始したのはそれからだ。

なにしろ慣れないものだから、ずいぶん余計な回り道をしちゃったけど、ついにある人物と会うことに成功した。その人の肩書は、〈センター長〉だったよ。サカタさんの退職を機に、センター長の座を継いだんだそうだ。眼鏡をかけた、柔和そうな男性だった。

そう、最初にきみを保育園に連れていってくれた、〈青年〉だ。

彼はきみたち母子のことを、よく覚えていた。これは勝手な想像だけど、彼はきみのお母さんのことが好きだったんじゃないかな。彼はなんにも言わなかったけどね。

きみのお母さんは、しょっちゅうセンターに出入りしていたみたいだよ。彼ともよく話をしたらしい。

ある日、彼女がこんなことを言っていた。

「あの保育園の金木犀には、白い花が咲くんですって」

「まさか。それは銀木犀の間違いでしょう」

言下に彼はそう言った。

彼が説明してくれたんだけど、花の色のしくみっていうのは面白くてね、白い花っていうのはあるけど、白の色素はないんだってさ。白く見えるのは突然変異で色素が抜けた結果、花びらのなかの気泡――つまりあぶくだな、それが花を白く見せている。金木犀には普通オレンジ色の花が咲くよね。黄色やオレンジ色の花の色素はカロチノイドといって、突然変異がきわめて起こりにくいんだそうだ。つまり、色素が簡単には抜けない。

確率から言っても、白い金木犀なんてものがこの世に存在するとは思いにくく、従ってそれはきっと銀木犀であるに違いない。彼が当時研究していた白いマリーゴールドだって、結局は夢の花に終わるだろう……というようなことを、きみの母親相手に生真面目《きまじめ》に説明したんだそうだ。

彼はスライドガラスやシャーレの上に載った植物のことには詳しかったかもしれないが、

歩いて二十分ほどの場所に生えている木のことはまるで知らなかった。学生の頃の仲間で、彼に良く似たタイプがいたな。悪い奴じゃなかったけど、顕微鏡で世間を覗こうとするような男だったよ。

ちょっと考えれば分かることだけど、きみの母親はすっかり腹を立ててしまったそうだ。

「先生は白い金木犀って言ったわ。先生は嘘なんか、つかないもの」

そう言い捨て、ぷんぷん怒りながら帰ってしまったらしい。

そしてここからはまた、ぼくの想像になるんだが……。

彼女は張り出し窓に腰掛けて、見事に咲いた金木犀の花を見ているうちに、いつぞやのやり取りを思い出してしまった。そこで実物を彼の鼻先につきつけて、慌てさせてやろうと考えた……。

そして窓辺から身を乗り出し、精一杯、手を伸ばした。もう少し……あと五センチ、いや、三センチ……。

彼女はただ、彼をびっくりさせて、そしてたぶん喜ばせてやろうと考えていた。そうは思わないかい？　もし白い金木犀がこの世に実在するならば、白いマリーゴールドだって作れるかもしれないものな。

確かに彼女は、愚かで考えなしだったかもしれない。あまりにも無鉄砲だったし、哀しいほどに浅はかだった。だけど少なくともその行為には、少しの悪意も一かけらの絶望も、含まれてはいなかったに違いないんだ。

まだ納得できない？

いいかい？　彼女がきみを置いて死を選ぶなんてことは、考えられないんだ。

今はもうないあの金木犀の大木。あの木にぽっかりと空いていたうろのことを、覚えている？　ノートを発見したときにサカタさんが一緒に見つけたたくさんの〈宝物〉のことは？　手記のなかに出てきたよね。きみのお母さんはあの木のことを、〈お願いの木〉と呼んでいた。

木のうろに宝物を投げ込んで、願い事をすると、願いが叶うんだって。半ば本気で信じていたみたいだった。

彼女が願っていたのは、何だったと思う？

二代目のセンター長は、そのいくつかを知っていた。気まぐれに、彼女が教えてくれたんだそうだ。

彼女はこう願っていた。

『あの子が大きくなったら、美人になりますように』

またこうも言っていた。

『あの子がかしこい人間になりますように……あたしが馬鹿だから、ね』

『あの子が大きくなったら、素敵な男性に出会えますように』

ね？　きみのことなんだよ。彼女は、きみのことばかり、〈お願いの木〉に願っていた。きれいな小瓶やビー玉やレースのリボンや甘いお菓子や……そんな物を投げ込みながら、祈っていたのはきみのことだったんだ……。


——弱ったな。

泣かないでよ。ぼくはきみに笑って欲しくて、この話を始めたんだから。きみの笑顔が見たかったから……なんてね、キザっちいよな。あ、良かった。笑ってくれた。


そうそう、言い忘れていたけど……。

ちょっと面白いことがあったんだ。昔、きみの通っていた保育園があったところ……つまり、あの木がかつてあった場所のこと。なんとこのぼくの故郷から、そう遠くないところだった。何やら暗示的じゃないかい？　お父さんの元に引き取られた後だって、おじいさんのところに遊びに行く機会くらいはあったろう？　ひょっとしたら、お互い小学生くらいの頃にでも、ぼくらはどこかでばったり出会っていたかもしれない。たとえば、『木の化石』の前とかね？
どう思う？　これってひょっとして、運命の出会いってやつだったんじゃないのかな……。
黙って笑ってるなんて、きみもずいぶん人が悪いなあ。

その『木の化石』だけど、実を言うと今はもうないんだ。がっかりしたよ。誰か良からぬ心をおこした奴がいたらしい。ある朝ビルの管理人が気づいたら、土台だけになっていたんだそうだ。よくもまあ、あんな重たいものを持って行けたもんだ。あの種の物にも、たちの悪いマニアがいるらしい。ご苦労なことだとは思うけど、だからと言って、とうてい許す気にはなれないな。

今回のことでね、ずいぶん久しぶりに家に帰ってきたよ。兄貴の嫁さんに子供が生まれるってさ。家中、そのことで持ちきりだった。兄貴ときたらしまりのない顔しちゃってさ、見ちゃいられなかったよ、まったく。

親父とおふくろと兄貴と兄貴の嫁さん。今まで、まるで血のつながりのない四人の人間が、ひとつ屋根の下に暮らしていたんだ。それでいて、彼らはこれ以上ないってほどうまくやっていた。考えるほどに、これはすごいことだって思えてくる。そこに新たに生まれてくるひとつの生命は、彼らにとってきっと特別な意味を持っているんじゃないか、ともね。

もっとも新しい生命は、いつだってスペシャルには違いないんだけど。

とにかく彼らは満月みたいに満足している。そして情けないことに、そこに無粋な叢雲《むらくも》みたいな影を投げ落としているのが、このぼくなんだそうだ。ちゃんと就職もせずにいつまでもふらふらしている人間なんて、彼らにとってはクラゲも同然の存在らしい。早く地元に戻ってきて、まっとうな職につけと五十回は言われたな……少なくとも、四十九回くらいはね。

実はこの問題を解決する方法があってね。

どういうわけか、二代目センター長は、ずいぶんぼくのことを気に入ってくれた。そして、ぼくさえよければ、センターの職員にならないかって誘ってくれたんだ。なんでも彼はいずれアマゾン川流域の熱帯性植物について研究するのが夢で、ずっと後継者を探していたんだそうだ。

どう思う？　三代目センター長。なかなかいい響きだとは思わないかい？

あそこは暮らすにはとてもいい場所だ。ぼくの生まれ故郷ということを差し引いても、いいところだ。気候は穏やかで、人々は単純で、水はうまくて、そして何よりも、ほどほどに開けていながら、豊かな自然に恵まれている。排気ガスと埃にいじけた街路樹なんかじゃない、本物の緑がある。

化石の樹も、もちろん悪くない。だけど生きた草木の方が、その百万倍もいいものな。

ぼくはこの話を受けるつもりだ。もし、ひとつだけ残った問題さえ、クリアできたらね。

嫌だなあ、きみのことに決まってるじゃないか。ぼくが遠くに行ってしまったら、きっと寂しがるんじゃないかと思ってね。せっかく仲良くなれたのに……そうだろ？

だけどね、実はこの問題も、見事に解決する方法があるんだよ。

そう言えば、家族から百回くらいは言われたっけ。九十九回だったかもしれないけど。

「早く嫁さんをもらって、安心させてくれ」ってさ。

つまり、その……。ようするにぼくが言いたいのはね、きみのお母さんの願いは、すべて叶ったってことさ。

最初の二つは今のきみを見れば、一目瞭然だろう？

最後のやつは、このぼくを見れば一目瞭然だし。

え？　しょってる？

そりゃあまあ……多少はね。

解説

吉田伸子

今は亡き漫画家・吉野朔実さんから、聞かれたことがある。吉田さんは「して後悔する」か「しないで後悔する」か、どっち？　と。私は即答した。「もちろん、して後悔する、です！」

私は重ねて、こう言った。「だって、食べないで後悔するよりも、食べて後悔したほうがいいじゃないですか。食べなかったら、以後、ずっと、あの時食べておけば、と悔やみ続けるけれど、食べれば、たとえ不味《まず》かったとしても、どんな味なのか分かるわけで、知らないより知っていたほうがいいです」と。

その時の吉野さんの驚いた顔を今でも覚えている。「吉田さん、それ凄い。私には怖くてできないわ」

その時の吉野さんの言葉を、私は間違えて受け取っていた、と今なら分かるのだけど、当時、やや薹《とう》が立っていたものの精神的には小娘だった私には、その言葉は賞賛とイコールだった。自分の食い意地を褒められた、ぐらいにしか思っていなかったのだ。

でも、それは違った。当たり前のことだけど、吉野さんは私の食い意地に驚いたのではなかったのだった。なんというか、物事に対する私の姿勢の乱暴さ、のようなものに吃驚《びっくり》したのだ、と思う。物事、を人生と置き換えてもいい。知らないよりも知っていたほうがいい、というその傲慢さは、吉野さんにはなかったものだったのだ。けれど、吉野さんは大人だったので、私のことを否定したりはしなかった。それどころか、「吉田さん、面白いなぁ」ぐらいに思ってくれていたようだった。

吉野さんが「怖くてできない」と言った意味が分かったのは、それから何年も経って、からだった。やってしまったことや言ってしまったこと、に相手がいる場合、それは自分だけの後悔では済まないのだ、ということ。だから「怖い」のだ、ということ。

本書を読んだ後で、何十年も昔のことを思い出したのは、本書で描かれていることの一つに、まさにその「怖さ」があるからだ。表題作でもある「いちばん初めにあった海」に出てくる二人の少女は、その「怖さ」を身を以《もっ》て知っている。「怖さ」と「悔い」を身の中に抱えている。そのうちの一人、堀井千波が成人後に、物語は始まる。

女性専用のワンルームマンション、とは名ばかりで、実態はアパートである安普請の部屋に住む千波は、夜型の若い住人たちが生み出す騒音に辟易《へきえき》し、父親宛にファックスで哀願する。夜はゆっくり休みたい自分にとっては今の環境が辛いこと、少しぐらい不便でも、狭くても、古くてもかまわないので、引っ越して静かなところで暮らしたいこと。

ここで、ファックス？　とちょっとひっかかった読者もいるだろう。パソコンか携帯のメールでいいんじゃない？　と。それには理由がある。本書が単行本として刊行されたのは1996年8月。今から20年以上前なのだ。優れた物語は古びない、とはよく言われることだが、本書はまさにその言葉を裏付けるような作品でもある（実は、千波がファックスを使っているのにはもう一つ理由があるのだが、それは本書を読んでください）。

自室にいても隣や上からの生活音が筒抜けなことに耐えきれなくなっていた千波は、父親からの返信を待たずに、引っ越し準備を始めることにする。まずは本棚を片付けようとした千波は、ふと一冊の本の背表紙に目を留める。タイトルは『いちばん初めにあった海』。手にとって読み始めたその本の途中に挟まれていた一通の手紙。宛名は「堀井千波様」とだけあり、差出人名は「ＹＵＫＩ」とだけ。未開封の封筒が、何故？　いぶかしく思いながらも開封した千波の目に飛び込んできたのが、「あなたのことが、たぶんとても好きです」という一文だった。

この手紙は、何故開封されないまま、この本に挟まれていたのか。文面から察するに、本は千波が入院した時のお見舞いとして届けられたものらしい。千波が病気で入院したのは一度きり、十七歳の初秋のことだ。だとしたら、未開封であることにも納得がいく。何故なら、千波が入院した直接の原因は、突然の視力喪失にあったからだ。当時、千波は母親を亡くしたばかりだった。

物語は、手紙の謎を追いつつ過去を交えた千波のドラマを明らかにしながら進んでいく。そこに浮かび上がってくるのは、「わたしもあなたと同じだから。わたしも人を殺したことがあるから」と手紙に書いたYUKIの存在だった。やがて、YUKIが何者なのかが明らかになった時、千波の過去と現在がカチリと嚙み合う——。

「化石の樹」は、大学卒業後、フリーターのような暮らしをしている青年が主人公。植木業者でアルバイトをしている時に、自分の上役である年老いた職人から手渡された一冊のノート。そのノートに書かれていたのは、ある保育園で保母として働く女性の手記だった。その手記に書かれていた、ある哀しい出来事とは。そして、その出来事にまつわる謎を、青年が解いた時に明かされる真実とは。

実はこの「化石の樹」は、「いちばん初めにあった海」と対になっている作品なのだが、どんなふうに対になっているのかは、ここでは書かないでおく。ただ、対になっていることが、物語の構成として、本当に素晴らしい、とだけ。

ここで、話を冒頭に書いた「怖さ」と「悔い」に戻す。千波とYUKI、それぞれに抱えていたそれは、どちらも当事者には深くて重いものだ。千波にはかつて双子の兄がいて、母親は体が弱かったその兄にかかりきりだった。だから、千波は思ったのだ。いなくなっちゃえ、と。それは、母親の関心を独り占めにしていた兄に対する僻《ひが》みでもあった。けれど、そんなふうに千波が思ってしまったこと、そしてその兄が幼くして亡くなってしまったことは事実で、その事実が千波を苛《さいな》んでいる。

兄のことばかりではない。幼くして喪ってしまったその兄のことを、いつまでもいつまでも、忘れずにいるばかりか、折につけ名を挙げて「千尋が生きていたらねえ」と口にする母親に耐えかねて、ある朝、投げつけてしまった一言――「お母さん。千尋は死んじゃったのよ。もうとっくの昔に死んじゃったんだから」――。母親はその数時間後、交通事故で亡くなってしまう。

母の傷口を抉《えぐ》ると知りつつも、言わずにいられなかったその言葉の残酷さ。そのことを当人に謝ることさえできなくなってしまった千波の「悔い」はどれほどのものだろう。たとえそれが本音だからといって、言わないより言ったほうがいい、とは言えない。決して、言えないのだ。

YUKIもまた然り。彼女が千波に言ったように、彼女は幼い自分がしたあることで、人の命を殺めてしまった、と思い込んでいる。あなたのせいじゃないから忘れなさい、と言われたにもかかわらず、たった一人、自分の心の中に罪を抱えて生きている。その想像を絶するほどの「悔い」。自分が犯した（と信じている）罪への恐怖。

と、こう書いてしまうと、本書は何やらトーンの暗いヘビィな物語だと思われてしまうかもしれないが、それは違う。確かに、ヘビィな要素がないわけではないのだが、本書を貫いているのは、命というものに対する慈しみと希望、である。加納さんの物語には、どの作品にも〝しなやかな芯〟が一本通っていて、その芯こそが、読み手にささやかな勇気や、前へと向かって進んでいく力を与えてくれているのだが、その芯を構成しているものが、それなのだ。

私たちが生きていく日々の中では、言えばよかったこともあれば、言わなければよかったこともある。思わなければよかったこともあるだろうし、強く強く思えばよかった、ということもあるだろう。どちらが正解なのかは分からない。もしかして、何年後か、何十年後かに、天啓のように、あの時ああしていれば！　と正解が見つかるかもしれない。

だから、そう、だから大丈夫。「怖さ」も「悔い」も、いつかきっと乗り越えていけるよ。

今はまだ俯《うつむ》いたままかもしれないけれど、大丈夫、いつかその顔をあげる時がくるよ。加納さんの物語は、いつもそんなふうに語りかけているのである。

——書評家

この作品は二〇〇〇年五月角川文庫より刊行されたものです。

いちばん初《はじ》めにあった海《うみ》

加納朋子《かのうともこ》

平成31年4月10日　初版発行

発行人――石原正康
編集人――高部真人
発行所――株式会社幻冬舎
〒151-0051東京都渋谷区千駄ヶ谷4-9-7
電話　03(5411)6222(営業)
　　　03(5411)6211(編集)
　　　振替00120-8-767643
印刷・製本―中央精版印刷株式会社
装丁者――高橋雅之

幻冬舎文庫

ISBN978-4-344-42854-6　C0193　か-11-4